Tout BDSM

Enchères

Erika Sanders

Tout BDSM
Enchères
Erika Sanders
Série
Tout BDSM 1

Synopsis

Il se compose des romans suivants :
    Femme esclave
    La femme musulmane
    Club BDSM

Tout BDSM est un roman à fort contenu érotique BDSM et, à son tour, un nouveau roman appartenant à la collection **Domination et Soumission Érotiques**, une série de romans à fort contenu BDSM romantique et érotique.

(Tous les personnages ont 18 ans ou plus)

Remarque sur l'auteure

Erika Sanders est une écrivaine de renommée internationale, traduite dans plus de vingt langues, qui signe ses écrits les plus érotiques, loin de sa prose habituelle, de son nom de jeune fille.

Indice

TOUT BDSM ENCHÈRES

ERIKA SANDERS

FEMME ESCLAVE

Prologue:

Être une femme soumise a ses hauts et ses bas.

La partie la plus difficile était la responsabilité supplémentaire. Kelly était une femme d'affaires forte. Elle a travaillé dur toute la journée en tant que chef de bureau. La nuit ou le week-end, elle devait encore travailler. Un travail différent. Elle était une soumise sexuelle à son mari, répondant à tous ses besoins. C'était un rôle qu'elle acceptait volontiers .

La bonne partie était le sentiment que cela lui procurait. Elle aimait plaire à son mari. Cela réconfortait Kelly d'être soumise à lui, car il savait comment la traiter correctement et avec beaucoup de respect. Cela a permis à Kelly de se sentir en sécurité d'être dans son esclavage. Attaché par ses cordes. Et puis il y a eu les orgasmes. Les beaux orgasmes. C'était la meilleure partie d'être une épouse soumise. Tous les orgasmes qu'elle pourrait désirer.

Cela a donné à leur mariage un choc bien nécessaire chaque fois que possible. Après plusieurs années de mariage, toute façon de pimenter leur vie amoureuse était toujours une bonne chose.

Alors qu'elle se déshabillait de sa tenue de bureau, elle portait une paire de bas de soie doux, un soutien-gorge et une culotte blancs et un déshabillé transparent.

Ce n'était pas quelque chose qu'elle portait souvent. Et elle n'était pas obligée de s'habiller comme ça dans la maison. C'est quelque chose qu'elle a choisi de faire pour cette soirée particulière , qui était très spéciale.

Richard est rentré vers 18 heures. Il avait travaillé un peu plus tard que d'habitude grâce à une grande fusion sur laquelle son entreprise travaillait.

"Tu es magnifique", a-t-il dit en voyant sa femme.

Kelly était dans la cuisine dans sa petite tenue sexy en train de préparer un dîner fait maison. Il y avait une rangée de bougies qui étaient disposées dans la salle à manger, mais qui n'avaient pas encore été allumées.

"Je pensais que je ferais quelque chose de spécial, car, vous savez, aujourd'hui est un jour assez spécial pour nous", a-t-elle déclaré.

"Pensez-vous que j'ai oublié?"

Son sourcil levé. "As-tu?"

"Notre 10e anniversaire."

Elle sourit, "Tu t'es souvenu."

"Je l'ai fait. Et je t'ai aussi apporté quelque chose. Une bonne petite surprise."

Il sortit quelque chose de sa poche et le tint debout pour le montrer à sa femme. De la courte distance, Kelly ne pouvait pas dire ce que c'était, mais cela ressemblait à une carte-clé ou quelque chose comme ça.

Kelly aiguisa ses yeux et posa ses mains sur ses hanches. "Eh bien, tu vas me dire ce que c'est, ou est-ce que je vais devoir deviner ?"

Il le remit dans sa poche. "Je ne peux pas encore vous donner tous les détails. Mais c'est quelque chose dont je sais que vous allez être ravi."

« Des indices ?

"Que veux-tu?" demanda Richard. « Que veux-tu qu'il t'arrive ? Serais-tu intéressé par une autre femme ?

Elle lança un regard sceptique. « Est-ce un autre de vos jeux ? »

"Je suis absolument sérieux. Serais-tu avec une autre femme si tu en avais l'opportunité ?"

Elle s'arrêta. "C'est quelque chose qui m'intéresse depuis un moment. Tu le sais déjà."

"Alors nous y arriverons ce soir", a-t-il dit. "Je veux que notre 10e anniversaire soit inoubliable. Je le pense, ce soir sera spécial et différent de tout ce que nous avons fait auparavant."

Elle loucha vers lui. « Tu es sérieux, n'est-ce pas ?

"Je nous ai acheté des billets pour un événement tout à fait unique. Nous n'y sommes jamais allés auparavant, mais j'en ai entendu beaucoup de bien de la part de personnes en qui j'ai confiance."

"Ça a l'air excitant."

" Bien sûr , c'est excitant. Tout ce que vous voulez qu'il se passe, ça se réalisera, sexuellement parlant. Pensez, que voulez-vous qu'il se passe ? À quoi voulez-vous que votre première expérience lesbienne ressemble ?"

Kelly a utilisé son imagination débordante. "J'aimerais que le bondage soit impliqué d'une manière ou d'une autre. Peut-être que je suis attaché et qu'elle vient me lécher. C'est comme ça que j'imagine ma première fois."

« À quoi voudriez-vous qu'elle ressemble ? Des préférences ? Vous pouvez avoir ce que vous voulez.

"Cela n'a pas d'importance. Tant qu'elle est gentille. De préférence pas lesbienne. J'aimerais avoir le même niveau d'expérience qu'elle afin que nous puissions en quelque sorte l'explorer ensemble. Je suppose que ce serait mon scénario idéal."

"Vous pouvez choisir la femme que vous voulez."

"Je peux?" elle a demandé.

"Vous choisissez, et elle sera à vous. Tout ce qui convient à vos besoins."

Les deux sourcils de Kelly se levèrent. "Oh mon."

"Comment te sentirais-tu si je la baisais ?"

Elle a donné un regard vif et espiègle. "Vous cherchez une excuse pour tricher ?"

"Techniquement, tu tricherais aussi, puisqu'elle boufferait ta chatte et te ferait jouir."

« Touche », sourit-elle.

« Alors, qu'est-ce que ça te ferait ressentir ?

Kelly et Richard se sont donné des expressions ludiques. Ils ont toujours été totalement honnêtes l'un envers l'autre. Et ils étaient mariés depuis assez longtemps pour connaître les pensées de l'autre.

"Maintenant que tu le dis, ça a l'air plutôt chaud. Faire un plan à trois n'est pas quelque chose auquel je pense souvent. Mais ça m'a traversé l'esprit à certaines occasions, ici et là."

"Pensez-y, vous seriez attaché au lit, cette autre femme vous bouffant la chatte, puis je la baiserais. Bien et fort. Peut-être que vous pourrez la nettoyer ensuite avec votre bouche. Attirant, n'est-ce pas ?"

"Dieu, tout cela semble si déviant," dit-elle avec un ton légèrement nerveux dans la voix.

« Mais est-ce que ça te fait mouiller ? C'est la grande question.

"Bien sûr, je suppose. Mon premier orgasme lesbien suivi d'un trio. C'est assez pour rendre n'importe quelle femme humide."

"Alors c'est réglé. Nous le faisons."

Kelly haussa un sourcil. "Si tu continues à parler comme ça, tu vas me faire couler sur le sol et j'aurai un vrai bazar à nettoyer."

"Cela signifie que je fais quelque chose de bien."

"Tu le fais toujours."

Richard sourit : « Pour notre 10e anniversaire, tes rêves vont se réaliser. Ça va être une soirée incroyable. Allez, mets une belle robe. Je t'emmène pour un bon dîner romantique. un endroit spécial. Un endroit où nous ne sommes jamais allés auparavant.

"Tu ne m'as toujours pas dit où nous allons."

« Vous le saurez quand nous y serons », répondit Richard. "Je te promets que tu seras satisfait. Maintenant habille-toi."

"J'ai la robe noire parfaite pour ce soir", a déclaré Kelly. "C'est nouveau. Je mourrais d'envie de le porter."

"Après le dîner, vous ne le porterez pas très longtemps."

"Je t'aime Richard . Les 10 dernières années de ma vie ont été une grande aventure, tu le sais, n'est-ce pas ?"

"Je t'aime aussi," répondit-il. "Et l'aventure ne fait que commencer."

Il y avait une expression espiègle sur le visage de Kelly. Elle savait qu'elle pouvait faire confiance à son mari. Il a toujours fait les bons choix pour elle. Mais c'est le secret qui a attiré son attention. Richard n'a jamais été une personne secrète. Mais ce soir, c'était différent.

Kelly a rangé les casseroles et les poêles et a remis la nourriture dans le réfrigérateur, alors qu'elle était encore vêtue de sa tenue étriquée. Elle était curieuse de la surprise de son mari pour leur 10e anniversaire. Quoi que ce soit, ça devait être bon.

Cependant, elle n'avait aucune idée à quel point les choses allaient bien se passer. C'était le cadeau d'anniversaire parfait qui allait amener leur vie sexuelle à un tout autre niveau.

La femme esclave

Erika attendait seule dans la chambre.

C'était une sorte de bureau. Sorte de bibliothèque. Il y avait des livres tout autour des murs. Et il y avait un grand bureau en bois. Il y avait une chaise devant le bureau pour qu'Erika puisse s'asseoir plus tard. Il y avait aussi un magnétoscope posé sur un trépied, face à elle. Il était éteint pour le moment .

La chambre était un lieu d'élégance et de sophistication.

Elle n'était là que parce qu'un ami proche avait recommandé cette organisation particulière . On lui a dit que tout était géré par des professionnels, et jusqu'à présent, cela semblait être le cas. Tout a été géré à la manière d'une entreprise.

La porte s'ouvrit et entra la Madame. Elle était grande, voluptueuse et portait une robe élégante. Elle avait un comportement puissant à son sujet, ce qu'il fallait attendre d'une Madame éminente.

Erika se leva.

"Merci d'avoir attendu," dit la Madame.

Ils se sont serré la main.

"Pas de soucis. Je comprends que tu es une femme occupée."

"Je suis toujours occupé, mais j'aime ce que je fais."

"Je peux voir ça."

« Avez-vous tout trouvé à votre goût ? demanda la Madame. "J'espère que mon personnel vous a été utile."

"Oui, tout à fait, merci."

"Génial. Maintenant, si cela ne vous dérange pas, j'aimerais commencer à enregistrer cette session d'interview maintenant", a déclaré la Madame. "J'ai un emploi du temps serré. S'il vous plaît, asseyez-vous."

Erika s'assit pendant que Madame activait le magnétoscope. Puis la Madame s'assit derrière le bureau et s'installa confortablement, tandis que les deux femmes se regardaient.

"Nous allons commencer l'entretien maintenant," dit la Madame.

Erika hocha nerveusement la tête. "D'accord."

"J'ai déjà examiné votre CV et votre dossier médical. Tout semble acceptable. C'est la phase finale de votre audition. Nous aimons enregistrer cela afin que notre organisation puisse rendre les choses plus adaptées pour vous."

"Je comprends."

"Dites votre nom pour la caméra," ordonna la Madame.

"Erika Sanders."

"Âge?"

" 28."

"État civil?"

"Marié."

"Profession?"

"Je suis parajuriste", a répondu Erika. "J'aide les avocats à préparer des dossiers, à interroger des clients, à faire des recherches, ce genre de choses."

« Comment décririez-vous votre apparence ?

Erika réfléchit un instant. "J'ai les cheveux mi-longs. Légèrement ondulés. Couleur auburn, qui est un peu brunâtre. Corpulence moyenne. On m'a dit que j'étais attirante."

"Êtes-vous d'accord?" demanda la Madame.

"Si c'est ce que les gens pensent, alors c'est leur opinion."

"Je te demande ton avis. Es-tu d'accord pour dire que tu es attirant ?"

"Je pense que je le suis. Je ne suis certainement pas un mannequin attrayant, mais je suis d'accord avec mon apparence."

"Quel est votre meilleur trait de visage ?"

« Probablement mes yeux. Ils sont bleu foncé. Je les aime bien.

"Je dois être d'accord," nota la Madame. "Des yeux bleus perçants. Un joli nez. Et de jolies lèvres. Tu as un très beau visage."

"Merci."

« Et ton corps ? Comment décrirais-tu ton corps ?

"Mes proportions sont assez moyennes. Je reste en forme en courant le week-end et en faisant du yoga en semaine."

« Comment décririez-vous vos seins ? »

Erika réfléchit un instant. "Ce sont de petites poignées. Fermes. Légèrement retroussées. Elles ont la forme de poires. Mes aréoles sont rose clair. J'ai des mamelons roses qui dépassent."

« Vos mamelons sont-ils sensibles ? »

"Très."

"Est-ce que tu joues avec tes mamelons quand tu te masturbes ?"

"Parfois", a reconnu Erika.

« Et tes jambes et tes fesses ? Comment les décrirais-tu ?

"Assez tonique," répondit Erika, avec une pointe de fierté dans la voix. "Cela vient de tous les exercices que je fais pendant mon temps libre."

"Maintenant, parlez-moi de votre expérience sexuelle. Avez-vous eu de nombreux partenaires?"

"Pas vraiment," répondit Erika. "Moins de 7, dans toute ma vie. Je suis plus une personne de type relationnel que quelqu'un qui cherche des aventures d'un soir ."

La Madame a souri, « et pourtant vous êtes ici, être aventureux.

"Je sais," rougit Erika.

« Vous décririez-vous comme étant sexuellement aventureux ?

"Pas exactement."

« Alors qu'est-ce qui vous amène ici ?

"L'expérience," répondit Erika. "J'aimerais vivre quelque chose de nouveau, rien que pour moi. C'est difficile à expliquer, mais j'aimerais explorer ma sexualité pendant que je suis encore jeune. Je suis sûr que vous entendez souvent cela."

"Tout le temps," acquiesça Madame. « Alors, tu aimes expérimenter de nouvelles choses ? »

« Bien sûr, parfois. Qui ne le fait pas ?

« Aimes-tu expérimenter l'anal ?

"Je l'ai fait avec quelques-uns de mes anciens partenaires. Pas tout le temps, mais c'est agréable de temps en temps."

"Trio?" demanda la Madame.

"Non."

« Seriez-vous ouvert à cette possibilité ?

"Je serais ouvert à ça. Ça ne me dérangerait pas si c'était avec les bonnes personnes. Surtout si j'étais , tu sais, le soumis du groupe. Je ne saurais pas quoi faire autrement."

« Que diriez-vous de la servitude ?

"J'ai de l'expérience avec le bondage léger. Rien d'extrême ou de hardcore. Juste des trucs faits maison, avec des choses autour de la maison, des trucs comme ça. Rien de douloureux non plus."

« Votre expérience de bondage a-t-elle été satisfaisante ? »

"C'était bien," répondit sincèrement Erika. "Je n'ai pas beaucoup d'expérience avec ça. Mes anciens partenaires non plus. C'était en quelque sorte jouer avec un petit fantasme amusant."

"Le bondage est un art. Peu de gens y sont doués."

"Je suis d'accord."

"Qu'en est-il des rencontres lesbiennes", a demandé la Madame. « Avez-vous déjà été avec une femme auparavant ?

"J'ai eu quelques expériences lesbiennes à l'université avec une colocataire. Rien depuis."

"Ça vous a plu ? Est-ce que vous y pensez encore ?"

Erika sourit, "Oui et oui."

« Penses-tu que tu es doué pour manger la chatte ? »

"On m'a dit que oui."

"Tout bien considéré, je pense que vous seriez formidable avec les couples. Vous avez une telle étincelle naturelle en vous, vous êtes curieux, ouvert d'esprit et vous vous balancez dans les deux sens si nécessaire."

"Je n'avais jamais pensé à être avec un couple auparavant", a répondu Erika. "Mais ça semble faisable. Je pense que je suis partant pour ça."

La Madame hocha la tête. "Tu es une femme très attirante Erika, avec une merveilleuse personnalité. Nous sommes heureux de t'avoir ici."

"Merci."

"Maintenant, cela nous amène aux trois dernières questions. Les questions les plus importantes. Premièrement, à quel point êtes- vous soumis ? Parlez-moi de votre côté soumis."

Erika rassembla ses pensées. "Depuis que je suis devenu une personne sexuelle, je savais que j'étais soumis. Peut-être que je ne l'ai pas compris tout de suite, mais je savais ce que j'aimais. J'aime être contrôlé et 'pris' dans la chambre."

"Pourquoi?"

"Il y a une liberté à lâcher prise. Quand on me dit quoi faire, ou si je suis lié, tout contrôle est perdu. Pour moi, il y a une liberté là-dedans. Tout est hors de mes mains. Je me sens en sécurité et au chaud. Et j'aime le sentiment d'être au centre de l'attention sexuelle. Mon corps est vénéré et utilisé par mon partenaire."

Il y avait une tension sexuelle dans l'air. C'était une émotion brute. Erika se laissait aller pendant l'interview enregistrée. Et la Madame appréciait chaque seconde de voir le côté vulnérable d'Erika.

"Maintenant, la deuxième question," dit la Madame. « Êtes-vous prêt à devenir esclave ? »

"Je suis."

"Pourquoi?"

"Je prends bien les commandes. J'aime qu'on me dise quoi faire et comment le faire. Même avec mon travail, je suis très ponctuel avec toutes les commandes de mon patron. Je peux supporter une douleur légère. Tant que ce n'est pas trop douloureux , je vais en profiter. Tout cela fait partie d'être un bon soumis, n'est-ce pas ? »

"Vous avez raison," acquiesça Madame. "Maintenant, pour la troisième et dernière question. Pourquoi voulez-vous être mis aux enchères pour une nuit?"

"C'est le fantasme de soumission ultime. Vous savez, être à mon meilleur, être admiré, puis être acheté par un parfait inconnu. J'aime l'idée d'être utilisé sexuellement par quelqu'un que je n'ai jamais rencontré. C'est très tabou."

"Pensez-vous que vous pouvez gérer la pression?"

"Je pense que oui," répondit Erika.

"Comment savez-vous?"

"Parce que je pense que je vais m'en sortir. C'est difficile à expliquer. Mais je sais que je vais l'apprécier. Je vais certainement être nerveux, mais je pourrais le gérer."

La Madame sourit et se leva gracieusement. Elle a soulevé le magnétoscope du trépied et l'a tenu dans sa main. Puis elle se dirigea vers Erika et se plaça devant elle.

"Nous en avons fini avec les questions," dit la Madame, pointant la caméra vers Erika. "La dernière partie du processus consiste à voir si vous pouvez réellement fonctionner sous pression."

"D'accord."

Tout en pointant toujours la caméra vers le bas, la Madame a soulevé la partie inférieure de sa robe et a exposé son vagin nu.

"Maintenant, jouez devant la caméra," dit la Madame. "Impressionne moi."

Sans hésitation, Erika se pencha en avant et pressa ses lèvres sur la peau nue de Madame.

***

La formation était quelque chose de très informel.

Quand Erika avait du temps supplémentaire loin du travail, elle rendait visite à Madame au même endroit où elle avait fait l'entretien.

Là, elle a été scolarisée dans l'art d'être une véritable esclave obéissante.

"Vous avez beaucoup à apprendre," dit la Madame. "Heureusement, tu es un soumis naturellement doué. Il sera facile de t'entraîner."

Et la Madame avait raison.

Erika était naturelle. Elle a été formée à l'art du bon comportement soumis et des bonnes manières. Elle a appris les subtilités du sexe oral. Et elle a appris la bonne façon de se détendre lorsqu'elle est attachée.

Alors qu'Erika menait sa vie normale, la vente aux enchères était toujours dans son esprit. Lorsqu'elle travaillait comme assistante juridique, qu'elle passait du temps avec son mari, sa mère et ses sœurs ou qu'elle allait dans des cafés avec ses amis, elle ne pouvait s'empêcher de penser à la décision qu'elle avait prise.

Une partie d'elle sentait qu'elle était folle de faire une telle chose. Une autre partie d'elle savait que c'était exactement ce qu'elle voulait. Après tout, la Madame dirigeait une opération hautement professionnelle et tout était en sécurité.

Mais si elle ne le faisait pas, elle savait qu'elle le regretterait toujours.

Erika était dans la fleur de l'âge. C'était une femme adulte. Et elle avait choisi de prendre une décision qui l'impacterait pour toujours.

La vente aux enchères

C'était le soir de la grande vente aux enchères.

Elle s'est assise dans une petite pièce privée pendant qu'un maquilleur fixait son apparence. Ce fut un processus court, et quand cela a été fait, Erika a ouvert les yeux pour voir qu'elle était préparée comme une actrice hollywoodienne prête pour une grande première. Parfait sous tous les angles. Ses cheveux avaient été bien coiffés aussi.

La maquilleuse quitta la pièce et Erika se tint devant une petite armoire, décidant quoi porter.

Après une brève réflexion, elle a opté pour une paire transparente d'un soutien-gorge et d'une culotte noirs. Elle portait la petite tenue et s'examina dans le miroir. Viennent ensuite les talons hauts sur ses pieds, et elle se regarde à nouveau.

Erika pouvait à peine reconnaître son reflet.

Fini l'assistant juridique instruit. La fille d'à côté était partie. Fini la bonne jeune femme.

Là se tenait Erika, l'esclave, avec un maquillage glamour, des cheveux bien coiffés et un soutien-gorge suffisamment fin pour révéler la couleur de ses mamelons.

En regardant son reflet, elle se demanda qui serait son acquéreur. Serait-ce un homme ? Une femme peut-être ? La personne serait-elle douce ou brutale ?

Dieu, elle espérait que la personne serait douce. Erika était une femme qui aimait que sa soumission soit traitée avec amour et attention. C'était une soumise affectueuse. C'était le genre qu'elle aimait. Elle voulait une dominante réfléchie. Quoi qu'il en soit, elle était prête à accepter le résultat. C'était une femme adulte qui avait choisi d'être là.

Après tout, c'était son grand fantasme.

On frappa à la porte.

"Entrez," dit Erika.

La porte s'ouvrit et la Madame entra, vêtue d'une belle longue robe rouge. Son maquillage était également bien fait. Les yeux de Madame regardaient de haut en bas la soumise, satisfaite de ce qu'elle voyait.

"Magnifique comme toujours," complimenta la Madame en fermant la porte.

"Merci."

La Madame tenait un collier noir, et instantanément, Erika sut à quoi il servait. Mais la Madame n'a pas parlé du collier, pas encore du moins.

"Comment vous sentez-vous ?" demanda la Madame. « Nerveux du tout ?

"Un peu. Partiellement excité."

"Je peux vous assurer que c'est un sentiment tout à fait normal pour une femme dans votre position. C'est parfaitement sain."

" Eh bien , je suis content de l'entendre."

« Tout ira bien », rassura la Madame. "Mentalement, vous êtes au bon endroit. Et nous avons tellement de gens formidables qui cherchent à acheter un esclave ce soir. Vous serez entre de bonnes mains."

Erika sourit, "Je suis très heureuse de l'entendre."

« Quel est votre plus grand espoir pour la nuit ? »

"Pour que l'inconnu anonyme me pousse jusqu'aux limites. J'aimerais explorer. Je veux dire, c'est le but de tout ça, non ?"

La Madame hocha la tête et fit un léger sourire. " Oui c'est . Et je peux vous promettre que votre désir d'être poussé sera satisfait. Vous voyez, les clients qui viennent ici pour acheter des esclaves sont très expérimentés. Ils savent exactement ce qu'ils font. Ainsi, votre côté soumis sera heureux quand la nuit est finie."

"Tu me rends encore plus nerveux, mais dans le bon sens."

"Ne soyez pas nerveux," répondit gracieusement la Madame. « Maintenant, dis-moi, quelle est ta plus grande peur ? »

« Que quiconque m'achète sera méchant. Tu sais, ce genre de choses. Je n'aime pas la douleur, pas la mauvaise en tout cas.

La Madame sourit, "Je peux vous assurer que cela n'arrivera pas. Tous nos membres et clients vous traiteront avec le plus grand soin."

"C'est ce que j'ai entendu. Et c'est en partie la raison pour laquelle j'ai décidé de devenir esclave ici."

"En parlant de ça, c'est presque l'heure. Tu peux attendre ici si tu veux, ou derrière la scène. Mes assistants te guideront jusqu'à la scène quand ce sera ton tour."

Erika prit une profonde inspiration. "Les papillons dans mon estomac. Mon Dieu. Je suis nerveux. Mais je suis prêt."

La Madame côtoyait les épaules de l'esclave dressée. C'était fait d'une manière maternelle et caressante.

"Tu es une femme forte. Tu peux le faire."

"Je sais que je peux. Je suis en fait très excité."

"Excellent," sourit Madame. "Maintenant, une dernière chose."

La Madame leva un collier noir avec son doigt et le fit tournoyer en s'amusant. Erika savait exactement quoi faire, et elle souleva ses cheveux pour que son cou soit exposé.

La Madame enroula le collier autour du cou d'Erika, tandis qu'elles faisaient face au miroir. C'était un collier avec les lettres argentées SLAVE sur la partie avant du cou.

Erika a continué à tenir ses cheveux en l'air en regardant son reflet dans le miroir, tandis que Madame attachait une laisse à l'arrière du col.

Et tout était complet. Erika était en tenue d'esclave complète, prête à être vendue aux enchères au plus offrant.

"Tu es magnifique," lui chuchota Madame à l'oreille. "Je suis un peu triste de ne pas pouvoir te voir te faire baiser ce soir. Mais je sais que ce sera une expérience incroyable pour toi. La vente aux enchères va bientôt commencer."

La Madame embrassa l'esclave sur la joue, puis quitta la pièce.

***

La plupart des gens ont une idée de ce à quoi ressemble une enchère. Quand les gens pensent aux enchères, ils pensent à un gars qui parle vite sur scène et aux participants qui lèvent la main pour faire des offres sur n'importe quel article à vendre.

C'était pareil. Mais aussi très différent.

Erika se tenait dans les coulisses dans ses minuscules vêtements transparents et son col noir, et écoutait Madame diriger la vente aux enchères.

Chaque esclave était vendu avec soin et traité comme s'il s'agissait d'un bien précieux, comme s'il s'agissait du plus grand trésor du monde. L'écoute de la vente aux enchères en cours lui a fait battre le cœur et mouillé sa chatte.

Enfin, ce fut son tour.

"Mesdames et messieurs", a dit la Madame à l'assistance. "Ensuite, nous avons un traitement très spécial. Elle est nouvelle dans l'expérience des esclaves. Mais elle est également très préparée. Veuillez accueillir la belle Erika."

Le petit public a applaudi légèrement alors qu'Erika était toujours dans les coulisses. Deux femmes légèrement vêtues se sont approchées d'Erika et l'ont prise en laisse. Les femmes n'ont pas dit un mot.

Erika a été menée au milieu de l'étape. Quand Erika était au centre de la scène sous les projecteurs, les femmes se tenaient à côté d'elle, ainsi que la Madame qui parlait dans un microphone.

Bien qu'elle ait fait de son mieux pour maintenir un calme digne d'une femme, son cœur battait furieusement. C'était une pièce sombre. Mais elle vit faiblement la foule. Il devait y avoir au moins 50 personnes. Elle pouvait dire qu'ils étaient tous habillés de façon extravagante.

Les hommes portaient de beaux costumes. Les quelques femmes présentes dans la pièce portaient des robes de fantaisie. C'était une affaire de classe, et ils étaient tous là pour le sexe.

"C'est la belle Erika," dit la Madame. "Le jour, elle est une femme de carrière professionnelle, travaillant comme assistante juridique.

Cependant, son fantasme est d'être traitée comme la bonne esclave pour laquelle elle est née. Elle est soumise à tous égards. Et croyez-moi, j'ai l'ai découvert moi-même."

La Madame a claqué des doigts et les femmes sur scène ont retiré le soutien-gorge d'Erika, laissant ses seins exposés. Ensuite, les femmes ont baissé la culotte d'Erika.

Oh mon dieu, Erika sentit sa chatte se contracter. Elle était la seule personne nue dans la pièce pleine de gens bien habillés. Tous les yeux étaient braqués sur elle. Le projecteur lumineux était braqué sur son corps nu.

Madame continua. "Comme vous pouvez le voir, elle est physiquement parfaite. En tant que pratiquante de yoga de 28 ans , elle est dans la fleur de l'âge. Des seins en forme de poires mûres. Des mamelons roses saillants qui sont sensibles et faits pour être sucés. Des bras toniques qui ont été fait pour être attrapé pendant qu'elle se fait prendre. Un corps flexible, fait pour être plié dans n'importe quelle forme tout en étant ravi. Une bouche qui a été faite pour sucer. Un cul fait pour le sexe anal. Et une chatte qui a été faite pour durer."

Les yeux dans la pièce fixaient le corps nu d'Erika.

La Madame a poursuivi: "L'esclave que vous voyez est très compétente dans l'art du sexe oral. Particulièrement dans l'art de la satisfaction féminine. Je peux vous le dire par expérience de première main. Elle est également versée dans la satisfaction masculine. Ce qui la rend parfait pour les couples mariés."

Erika resta immobile et ses yeux parcoururent la pièce. Même si la pièce était sombre, elle pouvait toujours voir les faibles expressions des gens dans la pièce, les voyant saliver à l'idée de mettre la main sur elle.

La Madame a poursuivi: "Bien qu'elle aime le bondage léger, c'est un chaton délicat et doit être traité avec la plus grande gentillesse et le plus grand respect. C'est une fille très spéciale, après tout."

Au fond, c'était tout ce qu'Erika avait espéré. C'était bien plus effrayant que prévu, mais elle a eu l'étrange frisson exhibitionniste qu'elle recherchait cette nuit-là.

"L'offre de départ est de 5 000 dollars pour cet esclave", a déclaré Madame.

Soudain, les lumières de la pièce se sont un peu éclaircies et il ne faisait plus si sombre. Erika avait une meilleure vue sur le public, et cela ne la rendait que plus nerveuse. Elle a pu voir les visages des personnes présentes dans la pièce. C'était bien plus effrayant. Et c'était beaucoup plus excitant aussi.

Au fur et à mesure que les enchères arrivaient, Erika pouvait à peine entendre une chose. Son esprit tournait. C'était une énorme ruée. Elle pouvait à peine entendre, mais elle pouvait voir les mains se lever, dans ce qui semblait être un mouvement lent, alors que les personnes dans la pièce plaçaient leurs offres pour le corps et les services sexuels d'Erika.

Erika est sortie de transe lorsqu'elle a entendu les mots suivants.

"Vendu ! À l'invité numéro 38, pour 15 000 $."

Ce fut le moment où Erika revint à la réalité.

***

À la fin de la vente aux enchères, les esclaves se tenaient docilement en ligne ordonnée, vêtus de leurs petites tenues, debout derrière la scène. Ils étaient tous munis d'un collier et prêts à être envoyés à leurs nouveaux propriétaires.

Erika savourait le sentiment d'être vendue. Elle voulait rencontrer son nouveau maître. C'était excitant. Elle espérait qu'il serait un gentil garçon. Elle souhaitait de tout son cœur que ce soit une expérience mémorable. Elle se demandait quels genres de fétiches son nouveau propriétaire avait. Peut-être qu'il voulait juste baiser ? Aucun problème avec cela.

Tout cela faisait partie de l'expérience d'être vendu. La curiosité lui faisait tourner la tête et sa chatte était mouillée.

La Madame est venue et a personnellement félicité tous les esclaves. Puis elle leur assura que la nuit ne faisait que commencer.

Elle a remis un morceau de papier à chaque esclave, puis ils ont été escortés par des femmes légèrement vêtues.

Ensuite, c'était au tour d'Erika.

"Tu es un chaton très chanceux ce soir," dit la Madame.

Elle tendit à Erika un petit morceau de papier sur lequel était inscrit le numéro 930. C'était le numéro de la chambre où se trouverait son propriétaire.

"Merci."

"Votre nouveau propriétaire a quelque chose de spécial pour vous," dit la Madame. "Es-tu prêt?"

"Je suis."

"C'est ce que j'aime entendre. Tu iras bien. Fais confiance à ton instinct et profite de ta première expérience d'esclave. Le soumis à l'intérieur de toi obtiendra le plaisir qu'il mérite à juste titre. D'accord ?"

Sur ce, Madame se pencha en avant et donna à Erika un doux baiser sur les lèvres. Quand le baiser prit fin, ils se regardèrent dans les yeux, et Erika fut escortée par la laisse attachée à son collier.

La nuit

Les deux femmes légèrement vêtues conduisirent Erika à l'ascenseur, puis à la chambre. Aucun d'eux ne prononça un mot. Les femmes ne parlaient pas. Et Erika était trop nerveuse pour dire quoi que ce soit.

Erika ne portait toujours que son haut transparent et sa petite culotte. Et elle était conduite par la laisse de son collier.

Une fois arrivés dans la chambre, la femme frappa à la porte, puis elle l'ouvrit.

Erika a été conduite à l'intérieur de la pièce où elle se tenait près de l'entrée avec une posture féminine parfaite, la façon dont un bon esclave devrait se tenir, et les deux femmes sont parties en fermant la porte.

Elle resta seule avec son acquéreur.

La chambre elle-même ressemblait à une chambre d'hôtel chic. C'était soigné, très propre et il y avait un sens élégant. Seules quelques lumières étaient allumées. La pièce était un mélange de lumière et d'obscurité.

Sur la chaise, il y avait un homme assis là. Il était vêtu d'un costume pointu et son visage était en partie couvert de ténèbres. À travers la faible lumière, Erika a pensé que l'homme devait avoir la trentaine ou le début de la quarantaine. Il ne semblait y avoir aucune expression sur son visage.

Il y avait une belle robe noire soigneusement placée sur une table.

Sur le lit, il y avait une femme nue. Ses poignets attachés aux montants du lit. Ses chevilles étaient attachées aux montants inférieurs du lit et elle était dans une position d'aigle étalée . Il y avait un bandeau sur ses yeux. Et un bâillon-boule rouge dans la bouche.

Erika sentit son adrénaline revenir à la vue surréaliste. Elle savait à la vue des choses qu'elle était entre les mains d'un dominatrice professionnel. Pas un amateur. Pas quelqu'un qui expérimente. Mais un vrai professionnel.

"Déshabillez-vous," dit l'homme avec désinvolture. "Tes talons aussi. Mais laisse ton collier. J'aime la laisse."

"Oui Monsieur."

Erika obéit. Elle a enlevé son haut pour révéler ses seins en forme de poire. Elle a enlevé ses fesses, ses jambes athlétiques toniques exposées, ainsi que son entrejambe bien rasé. Et elle a enlevé ses talons.

Au cours de ces brefs instants, Erika se tenait complètement nue devant son nouveau propriétaire. Elle était entièrement nue à l'exception du collier SLAVE autour de son cou, avec la laisse toujours pendante.

Elle n'était plus nerveuse. Après s'être tenue nue sur scène dans une salle pleine de monde, elle pouvait tout supporter à ce stade.

"Je m'appelle Richard," dit l'homme. "La femme nue que vous voyez sur le lit est Kelly."

"Salut Richard," répondit-elle, essayant de paraître cordiale. "Je suis Erika."

"Bienvenue, Erika. Tu dois être surprise."

"Pourquoi?"

"Que je t'ai acheté, alors que ma femme est attachée nue sur le lit."

Ainsi, la femme nue ligotée au lit était la femme de Richard. Erika était vraiment surprise, mais dans le bon sens. Elle avait l'esprit ouvert ce soir-là et était prête à tout.

"C'est certainement peu orthodoxe", a répondu Erika. "Mais nous avons tous nos fantasmes dans la vie. Et je ne suis pas quelqu'un à juger."

"Pas quand tu as une laisse autour du cou."

"Oui."

"Je t'ai choisi pour plusieurs raisons," dit Richard. "Premièrement, tu es très belle. Deuxièmement, tu es nouveau dans ce domaine. Troisièmement, ma femme t'aime bien. Quatrièmement, tu es apparemment très douée pour plaire aux autres femmes."

Erika hocha la tête. "On m'a dit que j'avais ce talent."

"Bien, parce que ma femme n'a jamais eu le plaisir de la satisfaction féminine auparavant. Elle est cependant intéressée."

Erika regarda la femme nue qui était ligotée, les yeux bandés et bâillonnée.

"Je suis sûr que c'est une personne adorable."

"Et très soumis aussi", a ajouté Richard. "Vous voyez, comme vous l'avez mentionné plus tôt, ma femme et moi avons un mariage très peu orthodoxe. Je suis son mari. Et je suis aussi son dom. Elle est ma femme. Et elle est aussi ma soumise. Nous nous aimons beaucoup . Et nous prenons soin des besoins les uns des autres."

"Je comprends, monsieur."

"S'il vous plaît, appelez-moi Richard."

"D'accord, Richard."

Il a poursuivi: "Aujourd'hui est un jour très spécial. C'est notre 10e anniversaire. Il ne suffit tout simplement pas de la lier à la maison et de la faire jouir. Non. Un jour comme aujourd'hui doit être spécial. C'est pourquoi je l'ai amenée ici . Et c'est pourquoi je t'ai acheté comme esclave pour la nuit.

Le fantasme était devenu réalité. Erika sentit ses nerfs disparaître et sa chatte devenir plus humide. Dieu, elle était prête pour ça.

"J'aimerais aider de toutes les manières possibles."

« Avez-vous déjà diverti un couple marié ?

"Non."

"Un plan à trois ?"

Erika secoua la tête. "Non."

« Vous n'êtes pas très expérimenté, n'est-ce pas ?

"Non, je m'excuse. J'ai clairement fait comprendre à Madame que je suis nouveau dans ce monde. Alors pardonnez-moi si je ne suis pas à la hauteur. Mais je promets de faire de mon mieux."

"Ne t'excuse pas," répondit-il. "Je n'ai jamais eu de trio auparavant non plus. Et je n'ai jamais présenté d'autre partenaire à Kelly auparavant. C'est pourquoi tu es parfait pour ça. Nous pouvons explorer cela ensemble."

Erika hocha la tête. "J'aimerais ça."

"Voudrais-tu ? Voudrais-tu goûter la chatte de ma femme pendant que je te ravis par derrière ?"

"Oui."

"Voulez-vous commencer ?"

Erika hocha la tête. "Oui."

"Eh bien, esclave, la chatte de ma femme est grande ouverte. Je suis sûr qu'elle est mouillée maintenant. Pourquoi n'irais-tu pas goûter ?"

"Merci."

Erika s'est approchée de la femme attachée et impuissante sur le lit. Plus elle s'approchait, plus elle voyait clairement les parties nues de la femme. Dans la pièce partiellement éclairée, Erika a vu les mamelons bruns de la femme et la zone vaginale bien rasée.

C'était un moment surréaliste, et Erika était sur le point de faire une fellation à une femme qu'elle n'avait jamais rencontrée auparavant. Une femme qui était ligotée et avait les yeux bandés. Une femme qui ne pouvait même pas parler car elle avait un bâillon dans la bouche.

Et ce n'était pas n'importe quelle femme. C'était Kelly, la femme du propriétaire.

Erika se positionna sur le lit, entre les jambes de Kelly. Elle se demanda ce que Kelly devait penser, si elle appréciait cela ou non. Elle se demanda si c'était vraiment le fantasme de Kelly.

La question a été répondue alors qu'Erika se penchait et regardait de plus près la chatte d'aigle écartée . L'intérieur de la chatte était humide. Les fluides brillaient. Ce n'était pas sorcier de déterminer que Kelly était très excitée. Il n'y avait aucun doute à ce sujet.

Erika frotta les cuisses de Kelly, se rapprochant du centre. Puis elle se pencha en avant et donna un joli baiser à la chatte. Cela fit frissonner Kelly. Après un autre coup de langue, les jambes de Kelly semblaient se contracter. Erika a léché de haut en bas comme une bonne esclave.

"Dites à ma femme quel goût elle a", a déclaré Richard.

"Elle a un goût incroyable."

"Dis-le à ma femme."

Erika regarda vers le haut la femme aux yeux bandés et bâillonnée. "Tu as un goût incroyable Kelly, vraiment. J'adore ton goût. Je l'adore. J'aime le goût de ta chatte sur ma langue."

Il y avait un gémissement venant de Kelly, mais il était étouffé par le bâillon dans sa bouche.

"Bien dit," a félicité Richard. "Maintenant, continuez à lécher. Faites-la jouir."

Erika a continué son travail et a concentré son attention orale sur la chatte humide. Pendant tout ce temps, la femme attachée a continué à gémir avec le bâillon dans la bouche et à se tortiller dans son lit.

Alors que la langue d'Erika était enfoncée profondément dans la chatte, léchant habilement de haut en bas, elle s'est interrogée sur la femme qu'elle plaisait. Elle se demandait à quoi ressemblait Kelly dans sa vie ordinaire, ce qu'elle faisait dans la vie, quels passe-temps elle avait, quels types d'aliments elle aimait manger, quelles émissions de télévision elle aimait regarder.

La curiosité n'a fait que rendre le compteur sexuel tellement plus chaud. Peut-être qu'Erika trouverait toutes les réponses quand elles pourraient parler et devenir amies un jour. Ou peut-être qu'ils ne se parleraient jamais, jamais. Qui sait?

Mais la seule chose qui comptait à ce moment-là était de plaire à la chatte de Kelly. C'était le seul travail d'Erika jusqu'à présent.

Au travail, Erika a toujours bien pris les commandes et elle les a toujours suivies. Maintenant, son patron était Richard, et elle avait reçu l'ordre de faire jouir sa femme.

Sa langue a continué à caresser de haut en bas. Ses lèvres restèrent plaquées contre la chatte. Et de temps en temps, elle donnait une belle succion à la chatte et buvait le jus naturel.

Chaque action a donné à Kelly une réaction égale alors qu'elle était allongée ligotée sur le lit. La femme tirait sur les cordes qui liaient ses poignets. Et elle tira sur les cordes qui liaient ses chevilles. Ses gémissements étaient étouffés par le bâillon-boule rouge dans sa bouche.

Erika a travaillé plus dur quand elle a su que sa technique orale fonctionnait et obtenait l'effet désiré.

"Ses orteils bougent", a déclaré Richard. "Cela signifie qu'elle est sur le point d'atteindre l'orgasme."

C'est alors qu'Erika a travaillé encore plus dur. Elle lécha plus fort et plus vite. Elle serra les lèvres plus fort et suça avec une intensité croissante.

Kelly se tortilla durement et tira sur les cordes qui la maintenaient attachée. Elle gémit fort, mais cela fut réprimé par le bâillon-boule.

"Avale," dit Richard à l'esclave. "Ma femme est une giclée. Je dois te prévenir. Et je veux que tu l'avales si c'est d'accord."

"Mmm hmm" l'esclave acquitte.

Effectivement, l'orgasme est venu, et il est venu de façon spectaculaire. Erika a continué à sucer et à lécher, et Kelly a eu un puissant orgasme.

Une ruée de fluides jaillit de la chatte de Kelly et dans la bouche d'Erika. Il est venu en plusieurs giclées et la bouche d'Erika était implacable dans la déglutition. Le corps de Kelly sursauta et se tortilla pendant qu'Erika continuait à travailler sa magie orale avec sa bouche hautement entraînée.

Quand cela a été fait, les fluides ont cessé de sortir et le corps de Kelly est resté immobile, alors qu'elle respirait fortement par le nez.

Erika était assise bien droite avec du jus de chatte partout dans la bouche, comme une nouvelle couche de maquillage humide.

"Bravo," dit Richard avec désinvolture. "Vous avez fait un travail formidable."

"Merci monsieur ."

« Alors dis-moi, quel goût a ma femme ?

"Délicieux, monsieur."

"Erika, mon esclave, je vais te baiser maintenant. Et je vais te baiser dans le cul."

Elle déglutit. "Oui Maître."

"Nous n'allons pas le faire dans une position normale. Comprenez-vous? Ce sera quelque chose de différent. Quelque chose que vous n'avez jamais fait auparavant."

"Mon esprit et mon corps sont ouverts pour vous."

Richard hocha la tête satisfait. « Mets-toi à quatre pattes. Positionne-toi au-dessus de ma femme. Tu vas la regarder dans les yeux.

Elle déglutit à nouveau. "Oui Maître."

Erika s'est mise à quatre pattes et elle s'est positionnée au-dessus de la femme nue à qui elle venait de donner un orgasme lesbien intense. Pas n'importe quelle femme. Mais la femme de son nouveau propriétaire pour cette nuit.

Lorsqu'elle était en position, elle n'était qu'à quelques centimètres du visage de Kelly. Même avec le bandeau et le bâillon, Erika pouvait dire que Kelly avait de très jolis traits du visage, et elle se demandait à quoi ressemblait Kelly sans la servitude.

Alors qu'elle prenait la position, elle entendit Richard se lever et défaire ses vêtements. Elle ne le regarda pas. Elle est simplement restée en position, à quatre pattes, directement au-dessus de la femme attachée.

"Ma femme est une femme incroyable", a déclaré Richard à l'esclave.

Juste à ce moment-là, Erika a entendu le bruit d'un bouchon de bouteille qui s'ouvrait. Elle a tout de suite su que c'était de la lubrification. Ses soupçons furent confirmés lorsqu'elle sentit le doigt de Richard, enduit de lubrifiant, se presser contre son anus.

Le doigt lubrifié a été enfoncé dans les fesses d'Erika.

Il a poursuivi : "Kelly est ma femme soumise depuis 10 ans. Fidèle et précieuse à tous points de vue. Ce soir , c'est quelque chose de nouveau pour nous."

Le doigt entre et sort, recouvrant les parois rectales d'Erika.

Il a poursuivi: "C'est en partie son fantasme. Elle voulait être attachée au lit pendant qu'une femme lui mangeait la chatte. Même si elle ne peut ni parler ni voir pour le moment, je peux dire qu'elle a adoré . Ses réactions corporelles sont facile à lire. La façon dont ses orteils se sont courbés et ses jambes ont tremblé, cela signifie qu'elle a eu un orgasme intense. Les fluides de sa chatte n'ont fait que le confirmer.

Le doigt de Richard s'écarta. Puis il pressa le bout de son érection contre le petit anus d'Erika.

Il ajouta. « Veux-tu la voir ? Veux-tu l'embrasser ?

"Oui monsieur," acquiesça Erika. "Je voudrais."

"Pourquoi ?"

"Nous avons partagé une expérience spéciale ensemble. Et je pense qu'elle est jolie."

"Elle est magnifique", a déclaré Richard. "Allez-y, voyez par vous-même. Retirez le bandeau. Retirez le bâillon de sa bouche."

Erika a accepté. Elle enleva soigneusement le bandeau, puis soudain les deux femmes se regardèrent dans les yeux. Erika regarda la femme dans les yeux. Et Kelly, a vu la femme qui venait de manger sa chatte et lui a donné un orgasme lesbien.

Ensuite, Erika a retiré le bâillon rouge et, soudain, la bouche de Kelly s'est libérée, haletant pour de profondes bouffées d'air.

Erika était heureuse de voir enfin le visage de la belle épouse. Et elle se demanda à quoi ressemblait la voix de Kelly, ou si elles allaient vraiment se dire quelque chose.

Mais ce n'est pas arrivé, pas encore.

Richard a poussé sa bite dans les fesses d'Erika, et l'esclave a laissé échapper un petit jappement. La bite s'enfonça plus profondément, et les yeux d'Erika s'écarquillèrent et sa bouche s'ouvrit, alors qu'elle regardait toujours Kelly dans les yeux.

« Aimez-vous ma femme ? Richard a demandé, avec sa bite enfoncée profondément dans le cul de l'esclave.

"Oui... monsieur. Tout à fait."

Il recula, puis poussa, faisant haleter Erika.

« Veux-tu l'embrasser ? Il a demandé.

"... oh... oui monsieur."

« Alors fais-le. Elle n'a même jamais embrassé une fille avant. Tu seras sa première.

Erika se pencha et embrassa la femme retenue, tandis qu'une bite commençait à lui ravir le trou du cul. C'était officiellement le premier trio d'Erika. À ce moment-là, elle sentit son cul stimulé par la bite dure de Richard et ses lèvres stimulées par la douceur de la bouche de Kelly.

La baise a continué et Erika a senti son trou du cul s'habituer à se faire pilonner par la bite. Au cours de toutes ses années d'expérience anale, cela n'avait jamais été aussi dur auparavant. Elle était habituée au sexe anal doux. Mais ce soir n'était pas la nuit du sexe doux. Ce soir, elle était esclave. Et c'était une esclave dont le propriétaire voulait lui défoncer le cul.

Alors que la baise persistait, Erika a continué à embrasser Kelly sur la bouche. C'est devenu un baiser bâclé avec une langue mouillée. Erika a adoré la sensation. Et elle aimait particulièrement le fait que Kelly n'avait jamais embrassé une femme auparavant. Il y avait un frisson érotique à prendre la virginité lesbienne de Kelly.

« Aimez-vous le sexe brutal ? » demanda le propriétaire.

Elle a eu du mal à parler. "Oui Monsieur."

"Faites-moi savoir si ça devient trop fort. Je ne veux jamais vous faire de mal, ma chérie. Mais je veux vraiment vous faire jouir. Je veux que vous jouissiez comme ma femme l'a fait."

La baise anale est devenue plus dure et plus intense lorsque Richard a attrapé la laisse et a doucement tiré, ce qui a légèrement étouffé le col d'Erika. En conséquence, sa respiration est devenue plus restreinte et elle a ressenti une oppression autour de son cou.

Erika a cessé d'embrasser la femme attachée alors que la baise anale devenait plus difficile. C'est devenu de plus en plus dur et le lit a commencé à trembler. Erika sentit la pression monter en elle alors que son cul se faisait pilonner.

"Oh mon Dieu," gémit Erika tandis que son cou se faisait serrer. "Mon cul... mon cul..."

À ce moment-là, les fesses d'Erika se faisaient pilonner si fort que ses petits seins en forme de poire ont commencé à onduler d'avant en arrière. Des larmes se formaient dans ses yeux et elle continuait à émettre de petits gémissements.

La laisse se tirait plus fort et le collier se resserrait, donnant à Erika moins d'air pour respirer.

Pire encore, alors que Richard continuait à tirer la laisse d'une main, il utilisa son autre main pour tendre la main et caresser le mamelon sensible d'Erika. Il l'a pincé et tordu. Le bâtard. Il connaissait sa faiblesse. Il connaissait son point sensible et il l'exploitait lors des rapports sexuels. Son mamelon rose était à l'agonie. Mais c'était aussi une source de grand plaisir pour elle.

Sa bouche émettait de brefs grognements. Ses yeux se fermèrent. Son corps était raide alors qu'elle endurait les coups de cul, les restrictions respiratoires et la torture des mamelons. Et ses mains serraient fermement le drap de lit. Le sentiment de sexe anal intense et de stimulation sexuelle se construisait à l'intérieur de l'esclave, et Richard le sentait facilement.

« Jouis, mon esclave, » grogna Richard. « Gicler comme ma femme l'a fait.

Il lâcha son mamelon, et à la place, il se pencha et joua habilement avec le clitoris douloureux d'Erika, pendant qu'il ravissait son trou du cul avec sa bite en érection. Il était clair pour Erika que son propriétaire connaissait bien ce poste, et il a dû le faire de nombreuses fois avec sa femme Kelly. Quelle femme chanceuse, pensa Erika.

La laisse a été tirée plus fort et le collier s'est resserré autour du cou d'Erika, ce qui l'a empêchée de crier.

Au lieu de cris, de courtes bouffées d'air sont sorties de la bouche d'Erika alors qu'elle atteignait son orgasme. Son dos s'arqua vers le haut pendant que son cul était vicieusement pilonné, et son clitoris était furieusement frotté.

"Mon cul," gémit-elle doucement, son petit trou du cul serré s'étirant durement. "Mon cul."

C'était à son tour de jouir. Et c'était aussi à son tour de gicler. Quelques jets de fluides ont jailli de la chatte d'Erika et sur le corps de Kelly. Elle n'a pas joui autant que Kelly. Erika n'était pas vraiment une giclée naturelle. Mais elle a giclé assez pour faire une déclaration.

Et cette déclaration était que le sexe était incroyable et qu'elle adorait être l'esclave de ce couple marié.

La prise sur la laisse se relâchait lentement et le collier semblait moins contraignant. Erika sentit l'air revenir dans ses poumons et son cou et sa gorge à l'aise. Entre l'orgasme intense qu'elle a ressenti et le collier desserré, Erika a à peine remarqué le fait que Richard venait de jouir à l'intérieur de son trou du cul.

"J'ai fini," dit Richard, relâchant complètement sa prise de la laisse. "Maintenant, il est temps pour toi de te nettoyer."

Erika reconnut l'insinuation dans sa voix. Elle resta un moment silencieuse et respira fortement. Elle voulait retrouver son calme avant de parler à nouveau à son propriétaire.

Tout cela faisait partie d'être un véritable esclave.

"Comment voulez-vous que je fasse cela, monsieur?" demanda-t-elle d'une voix propre et bien composée.

"Appuie tes fesses contre le visage de ma femme. Elle te nettoiera."

Erika était choquée. Mais lorsqu'elle baissa les yeux, elle vit un air consentant sur le visage de Kelly, qui hocha légèrement la tête pour faire savoir à Erika que tout allait bien.

Une fois que la bite a été retirée du cul d'Erika, elle a rampé vers le haut et s'est assise debout, positionnant son trou du cul juste au-dessus de la bouche de Kelly, et elle s'est abaissée. Au fond, Erika se sentait mal d'être dans cette position, mais ce n'était pas sa décision. C'était ce que son propriétaire voulait. Et à en juger par le léchage docile qu'elle ressentit soudain, Kelly le voulait aussi.

Alors qu'Erika sentait son trou du cul se faire lécher et nettoyer par la femme attachée, elle ferma les yeux et savoura le moment. Ce fut, de loin, la nuit la plus folle de sa vie. Rien ne s'était jamais approché.

À bien des égards, être mise aux enchères a été la meilleure chose qui lui soit jamais arrivée. Cela lui a donné un sentiment de confiance. Un sentiment qu'elle pouvait tout faire. Elle ne s'était jamais sentie aussi bien dans sa peau.

C'était la libération sexuelle à son meilleur.

La langue de Kelly s'enfonça un peu plus dans l'anus pour aspirer le sperme, et Erika se sentit comme une esclave satisfaite. Elle se demandait si elle pourrait jamais recommencer, et avec qui ?

Épilogue:

Un an s'était écoulé et Richard avait promis à Kelly quelque chose de spécial.

Il était rentré tôt du travail. Pendant ce temps, Kelly venait de rentrer après une longue journée au bureau. Elle était toujours vêtue de sa tenue de bureau.

Lorsqu'elle est rentrée à la maison, on lui a dit d'enlever ses chaussures et de poser son sac à main.

"Puis-je au moins changer mes vêtements d'abord ?" elle a demandé. "Je pourrais probablement utiliser une douche aussi."

« Te permettre de faire ça gâcherait la surprise.

Kelly sourit, "Encore un cadeau fou pour notre 11ème anniversaire ?"

"C'est vrai," dit-il en sortant un bandeau de sa poche.

Elle le regarda avec scepticisme, mais accepta. Elle portait le bandeau sur les yeux et Richard la conduisit dans les escaliers, dans le couloir, jusqu'à leur chambre.

Lorsqu'ils arrivèrent à destination, Richard demanda si elle était prête, et elle répondit que oui.

Le bandeau a été enlevé.

La mâchoire de Kelly faillit tomber à la vue d'une femme nue, ligotée dans leur lit conjugal. La femme nue avait les poignets et les chevilles attachés ensemble par une corde. Elle était en position agenouillée, les fesses pointées vers l'extérieur.

Ce n'était pas n'importe quelle femme nue. C'était quelqu'un qui semblait familier. Quelqu'un que Kelly a pu reconnaître grâce à son dos nu.

« Est-ce... Erika ? elle a démandé.

"Pourquoi ne pas goûter et découvrir ?"

"As-tu..."

"Je l'ai achetée pour ce soir. Ou plus longtemps si tu veux. Elle peut être notre esclave quand nous avons besoin d'elle. Elle est plus que consentante."

"Tu es trop," dit Kelly avec un léger sourire, secouant doucement la tête en signe d'incrédulité.

« Vas-y, goûte chérie.

Kelly lança un regard ambigu à son mari, puis elle s'approcha de l'esclave ligoté, se mit à genoux et écarta encore plus les fesses de l'esclave à deux mains. Kelly a commencé à pratiquer le sexe oral sur le trou du cul et la chatte d'Erika.

Alors qu'elle poursuivait son travail oral, elle entendit le bruit de Richard ouvrant un tiroir. Elle a essayé de l'ignorer et de se concentrer sur le plaisir oral de l'esclave. Mais elle ne pouvait pas l'ignorer lorsque Richard plaça une petite boîte sur le lit, juste à côté de l'esclave.

Du coin de l'œil, Kelly vit ce qu'il y avait dans la petite boîte. C'était un kit de ceinture nouvellement acheté, et Kelly savait que ça allait être une autre longue nuit.

LA FEMME MUSULMANE

L'une des caractéristiques uniques du manoir était qu'aucune des pièces n'avait de porte. Ainsi, n'importe qui pouvait voir n'importe quoi, à n'importe quel moment.

Ce n'était jamais quelque chose dont Samira avait envisagé de faire partie. C'était une bonne femme musulmane. Elle était ici uniquement parce qu'il y a de nombreuses années, elle avait hérité de la compagnie maritime marocaine de son père, et grâce à des décisions commerciales intelligentes et avisées, elle a pu se créer une petite fortune.

Ce succès lui a permis de vivre de manière extravagante en Amérique. Non seulement elle est devenue une femme d'affaires aisée , mais elle s'est également fait un nom dans le monde philanthropique, côtoyant de grandes célébrités et des politiciens.

La voici maintenant, au rez-de-chaussée du 'Manoir du Bondage', comme beaucoup d'invités élitistes l'avaient officieusement nommé. Elle n'était ici qu'à cause de son mari Michael, qui était un ressortissant britannique et un riche investisseur technologique avec toutes les bonnes relations (y compris un endroit comme celui-ci).

Elle était vierge de 35 ans lorsqu'ils s'étaient mariés il y a des mois, et elle ne pouvait toujours pas croire qu'il l'avait convaincue d'assister à un événement hédoniste comme celui-ci. C'était un cadeau de mariage tardif, lui avait dit Michael. Un cadeau de son ami le plus proche, a-t-il ajouté.

Tous les invités étaient impeccablement habillés pour l'occasion. Pour sa part, l'ensemble de Samira comprenait une élégante robe blanche, des talons et des bijoux fantaisie. Ses cheveux noirs succulents et ondulés étaient séparés au centre et coulaient librement; exactement comme son mari l'a préféré. Cela la rendait délicieusement séduisante, comme il le disait souvent.

Elle regarda autour d'elle, espérant que personne ne la reconnaîtrait. Personne ne l'a fait. Les invités, pour la plupart des couples d'âge moyen, tous blancs, étaient trop occupés à se concentrer sur les différents prix qui étaient mis aux enchères.

Des femmes légèrement vêtues se tenaient sur diverses plates-formes pendant que les invités faisaient des offres pour celles qu'ils voulaient. Les femmes étaient toutes attirantes. Jeunes adultes. Différentes ethnies et origines. Et ça faisait plaisir à Samira de voir que chacune des jeunes soumises aimait être là, avec des sourires agréables et séduisants sur leurs charmants visages.

"S'amuser?" Michael chuchota de manière séduisante à son oreille. "Tu commences à avoir l'air plus à l'aise d'être ici."

Samira serra son mari plus près. "Je ne dirais pas ça. Je suis toujours très nerveux."

« Nous serons bientôt dans notre propre chambre, avec plus d'intimité. Qui t'intéresse ?

Elle a évalué ses options de plus près. La vérité était qu'elle aurait été heureuse avec n'importe lequel des soumis. En tant que femme nouvellement mariée, avoir des relations sexuelles avec son mari était toujours un plaisir merveilleux qui la laissait insatisfaite. Michael était bon au lit et tous ses plaisirs sensoriels avaient été satisfaits.

Mais l'idée d'explorer avec une autre femme était une occasion unique de repousser encore plus loin les limites de sa sexualité. Elle l'a réconcilié avec ses croyances religieuses strictes par le fait que c'était bien dans les limites de son mariage.

Alors qu'elle naviguait, quelqu'un a attiré son attention.

Une brune à l'air innocente dans une robe noire moulante , qui était petite avec une peau blanche laiteuse; peau qui semblait impeccable. Son visage était rond et sa petite taille. Le sous-marin était tenu par une laisse et un collier autour du cou, et elle était à genoux, rembourrée avec un oreiller rouge moelleux. Elle ne devait pas avoir plus de 20 ans et ses cheveux bruns étaient attachés en un chignon soigné.

"Son?" Michael a demandé, remarquant que sa femme le fixait.

Samira a confirmé : "Je pense qu'elle est adorable. Je n'arrive même pas à croire qu'elle soit là. Une fille comme ça ?"

"Les fantasmes n'ont pas de limites, ma chérie. Je suis sûr qu'elle a une histoire intéressante. Allons-nous regarder de plus près ?"

Ils se sont dirigés vers cette petite jeune femme. D'autres invités du Manoir naviguaient aussi. Ils ont examiné le visage et le corps du soumis, ainsi que les informations affichées.

Nom : Erika

Âge : 24

Taille/Poids : 5'2 110 livres

Profession : Étudiant universitaire (économie)

Préférence : Soumission

Orientation : Ouvert à tout

Compétences : Tout et n'importe quoi. Des couples. Nettoyage buccal.

Trous : Tous les 3 disponibles

Expérience : 3e événement

Citation : "Bonjour, je m'appelle Erika et j'aimerais être votre jouet. Bien que je sois assez nouvelle , je suis toujours très curieuse et ouverte à beaucoup de choses. Je peux être une bonne fille ou une mauvaise. . Votre choix est mon plaisir."

Prix de départ : 500 $

La sous « Erika » est restée stoïque alors que les acheteurs potentiels regardaient sa beauté et avaient de mauvaises pensées sur ce qu'ils aimeraient faire d'elle. Son visage était impossible à lire.

"Dois-je faire une offre ?" Michael a demandé à sa femme. « Ou devrions-nous continuer à naviguer ? Il y a peut-être quelqu'un d'autre que tu aimes plus.

Samira était catégorique. "Non. Celle-ci. Je l'aime bien. Elle a l'air si gentille. Je me demande comment elle est en privé."

"Bien sûr, ma chérie. C'est ton expérience à admirer."

Michael a fait une offre pour ce sous-marin en particulier , et Samira a regardé son mari faire des affaires.

Lorsque les enchères ont été placées et que le moment est venu, la vente aux enchères a suivi son cours. Il y avait au moins 20 soumis en tout. Chacun était vendu aux enchères. Quant aux invités qui n'ont pas pu acheter de sous-marin pour la journée, ils seraient apparemment occupés entre eux ou avec les préposés qui aideraient à faciliter les divertissements de la journée.

Le rythme cardiaque de Samira s'accéléra lorsque son mari enchérit. Elle ne voulait pas que quelqu'un d'autre possède Erika. En toute honnêteté, elle voulait Erika pour elle-même et Michael en tant que trio. Une fille aussi belle que ça, qu'elle voulait garder en sécurité et nourrir, presque d'une manière maternelle.

Et s'ils remportaient réellement l'enchère ? Serait-ce sa première expérience lesbienne ? Elle ressentit un sentiment de panique et de honte. Si quelqu'un dans son pays d'origine savait jamais...

Puis elle l'entendit : Vendu !

Michael avait remporté l'enchère. La soumise Erika se leva et la laisse fut remise à son mari.

Lorsque le soumis est descendu, Samira et Erika étaient face à face. Le soumis sourit. Tout ce à quoi Samira pouvait penser, c'était à quel point cette jeune femme était jolie et à quel point sa peau semblait impeccable. c'était presque brillant. Et ces lèvres ! Erika avait les lèvres les plus pulpeuses et naturellement boudeuses imaginables. Que doivent-ils ressentir pendant un baiser, ou quoi que ce soit d'autre... se demanda Samira.

Michael a aidé à briser la gêne et ils ont tous fait les présentations. Ils échangèrent des plaisanteries et Samira ressentit un pincement de culpabilité à l'idée d'utiliser cette jeune femme pour le plaisir sexuel, et rien d'autre.

Ils montèrent tous les escaliers ensemble. Michael était au milieu, et les deux femmes serrèrent leurs bras autour des siens. A cette époque, le parti avait évolué. C'était encore une affaire de grande classe pour les élites sociales. Mais les seins étaient exposés. Les parties du corps ont montré.

Alors qu'ils atteignaient l'étage supérieur où se trouvaient toutes les chambres, ils pouvaient déjà entendre des gémissements et Dieu sait quoi d'autre. Samira a jeté un coup d'œil dans l'une des pièces et a vu une soumise asiatique à genoux faire plaisir à un homme oralement, pendant que sa femme regardait. Dans la pièce voisine, une soumise latina se déshabillait pour un couple, modelant fièrement son corps sculptural et ses mamelons noirs pour leur plus grand plaisir. Dans une autre pièce encore, un soumis avait les yeux bandés et était attaché sur le lit.

Une fois de plus, la culpabilité de Samira pour avoir utilisé Erika de cette façon la dévorait.

Ils atteignirent leur chambre. C'était chic et il y avait des œuvres d'art japonaises sur le mur. Il y avait aussi une grande fenêtre qui surveillait la cour, où beaucoup de gens socialisaient encore à l'extérieur tandis que des préposés nus servaient de la nourriture et des boissons. Samira était terrifiée à l'idée que n'importe qui puisse simplement lever les yeux et les voir. Mais c'étaient les règles de cet endroit.

Par courtoisie, Michael a enlevé le collier d'Erika, la rendant encore plus saine.

Samira voulait dire : « Tu n'es pas obligée de faire ça, Erika. Vous pouvez simplement nous regarder, si cela peut vous mettre plus à l'aise.

Avant que ces mots n'aient pu s'échapper de la bouche de Samira, Erika avait pris l'initiative.

Il y avait un air désinvolte sur le visage d'Erika alors qu'elle se tenait devant eux, dézippait le dos de sa robe et la laissait tomber sur le sol. Sa peau était pâle et elle avait des courbes subtiles. Elle portait une paire assortie d'un soutien-gorge et d'une culotte blancs, ainsi que des bas et des jarretières. Le soutien-gorge en dentelle fine avec des bords en satin semblait une taille de bonnet trop petite pour elle, ce qui semblait intentionnel, et en conséquence ses mamelons roses étaient visibles sur le dessus.

À ce moment, Samira sut que son propre jugement était erroné. Ce n'était pas une erreur. Cette jeune soumise savait très bien ce qu'elle faisait, se tenant là avec ses mamelons partiellement exposés, tout en se regardant pour s'assurer que ses sous-vêtements avaient l'air bien. Elle a ajusté son soutien-gorge et sa culotte et était plus que satisfaite du fait que ses mamelons étaient visibles.

"Je suis prête," dit Erika avec un sourire ironique et ses mains sur ses hanches.

"Tu es un étudiant en économie", a noté Michael, admirant la tenue de lingerie à peine là.

Erika hocha la tête. "C'est ma dernière année, en fait. J'ai eu des stages deux étés de suite et j'espère décrocher un emploi d'analyste financier l'année prochaine."

"Cerveau et beauté. Tout comme ma femme. Elle dirige une grande compagnie maritime."

"Oh?" Le sourcil d'Erika se leva et elle regarda la silhouette sensuelle de Samira.

"On dirait que nous sommes tous des professionnels ici," fit remarquer Samira. "Mon mari et moi sommes nouveaux ici. Nous nous sommes mariés récemment. Et nous n'avons jamais rien fait de tel auparavant, si vous pouvez le croire."

Erika hocha la tête. « Oh , je le crois vraiment. Cet endroit est populaire auprès des couples curieux. »

"J'ai remarqué. Cet endroit est... unique."

"C'est une bonne chose. Le truc dom /sub est unique et difficile à maîtriser. Mais c'est à cela que sert cet endroit. Être votre guide."

Samira se raidit doucement. "Je suis sûr que vous êtes un guide très compétent."

"J'ai été formé à la perfection. Alors oui, je suis très capable dans beaucoup de choses. Et j'aime donner du plaisir."

"Tu es adorable aussi."

« C'est toi qui m'as choisi ? Erika a demandé avec une expression mignonne sur son visage rond.

"Je l'ai fait", a reconnu Samira. "Je pense que tu es mignon. Peut-être que je vais même t'appeler sexy. Je n'ai jamais été avec une femme auparavant, mais mon mari veut que j'explore quelque chose de nouveau."

"C'est parfait. J'adore les couples. J'ai été avec quelques-uns, et on m'a dit que j'étais très doué pour ça."

Samira prit une profonde inspiration face à l'expérience de la fille. "Tu sembles..."

"Innocent?" demanda joyeusement Erika, finissant la phrase de Samira.

"Oui. Tu ressembles à un ange, vraiment."

"Samira, même les anges ont leur plaisir."

"En parlant de ça," coupa Michael. "J'ai une demande. Erika, nous t'avons acheté pour notre plaisir. Mais c'est ennuyeux. Bien trop prévisible. femme en particulier. Je veux que ma femme se souvienne de cela. Pouvez-vous faire cela, Erika ? »

Samira eut le souffle coupé à l'annonce, et Erika eut la réaction inverse, esquissant un sourire diabolique.

"Vous avez tous les deux de la chance," répondit Erika avec une légère joie. "Parce que tu as acheté la bonne fille pour le travail. Je pense toujours à des façons d'être méchant avec des gens sophistiqués. Je suis sûr que nous pouvons trouver quelque chose."

« Quelque chose en tête ? » Il a demandé.

Erika se tourna vers Samira et réfléchit. "Hmm... voyons voir. Une femme tellement classe et élégante. Je peux dire que tu hésites à être ici. Mais je peux arranger ça."

Tout ce que Samira pouvait faire était de rester immobile et d'attendre, alors que ce jeune soumis continuait à la regarder et à penser à toutes sortes de pensées déviantes sur ce qu'ils allaient tous faire dans quelques instants.

"Je sais," dit finalement Erika, les yeux brillants. "Je veux que tu portes mon collier pendant que je tiens la laisse. Près de la fenêtre."

L' inversion de roulis est venue si soudainement que Samira ne savait pas comment se sentir. Ce fut un choc. Ce n'était pas ce qu'elle avait accepté à l'origine. Et être utilisée comme un jouet n'était certainement pas la raison pour laquelle elle était venue ici.

Elle s'est tournée vers son mari pour un soutien moral et il n'y en avait pas. Michael semblait entièrement d'accord avec cette idée et Samira était en infériorité numérique.

"Voulez-vous me dégrader?" demanda Samira, cachant le malaise dans sa voix.

"Non. Je veux juste te regarder sucer des bites."

Samira a fait de son mieux pour conserver sa dignité. "Et pourquoi est-ce que?"

"C'est ma chose préférée au monde," répondit Erika avec une faible lueur dans les yeux. " En plus , tu as un joli visage. Il a l'air exotique. J'adore la couleur foncée de ta peau. J'ai hâte de voir à quoi tu ressemblerais en faisant une pipe soumise."

"Mais les gens dehors pourraient me voir."

"Encore mieux," acquiesça Erika. "Il ne fait aucun doute que vous serez vu. Cela rendra les choses plus amusantes, croyez-moi."

Tandis que Samira restait abasourdie, Michael a levé le col.

"On y va?" Il a demandé.

"A la réflexion..." ajouta Erika, ayant changé d'avis. "J'ai une meilleure idée. Utilise ça à la place."

La fille soumise a tendu la main en arrière et a dégrafé son soutien-gorge en dentelle, révélant ses minuscules mésanges gaies et ses mamelons roses dans leur intégralité. Elle pinça le soutien-gorge à une extrémité et le fit tournoyer. Il y avait un air de joie sur son joli visage.

"J'aime ta façon de penser," sourit Michael.

"Un peu de créativité va un long chemin. Puis-je faire les honneurs?"

Le mari hocha la tête. "Vous pouvez."

Samira s'immobilisa alors qu'Erika s'approchait avec le soutien-gorge à la main. Les cheveux noirs et succulents de Samira ont été repoussés en arrière et elle a permis à Erika d'enrouler le soutien-gorge en dentelle autour de son cou, créant ainsi un col et une laisse impromptus avec le tissu lisse.

« À la fenêtre », dit Erika à l'oreille de Samira.

La femme a compilé tandis qu'Erika a tiré doucement mais fermement. Samira ne savait pas comment se sentir. Le contrôle a été perdu. Et à une jeune femme au visage angélique, rien de moins. Lorsque Samira se tenait devant la fenêtre, elle a vu les invités qui étaient à l'extérieur en train de socialiser et les préposés nus servant des rafraîchissements.

"A genoux," dit Erika, puis se tournant vers le mari. "Bite, s'il te plait."

Samira se mit à genoux et ses sens s'éveillèrent. Elle était parfaitement consciente de tout ce qui se passait à l'extérieur, ainsi que de tous les gémissements de plaisir dans le couloir et de la sensation du tapis contre ses genoux.

Plus important encore, elle entendit le bruit de son mari qui enlevait ses chaussures et détachait son pantalon avec soin et gentillesse (un trait qu'elle avait toujours trouvé sexy). Malgré son âge, Samira était encore nouvelle dans le monde de la bite à sucer. Elle a trouvé qu'elle aimait ça. Ce n'était pas aussi dégradant qu'elle s'y était attendue durant toutes ses années virginales. Étrangement, cela lui donnait même du pouvoir à bien des égards, puisqu'elle contrôlait l'orgasme de l'homme qu'elle aimait.

Mais le faire ici ? Devant tant de témoins potentiels ? Sous la direction d'Erika?

La pensée lui faisait peur. Elle ne portait pas de culotte, mais si elle en avait, elle aurait été trempée.

Alors qu'elle était agenouillée près de la fenêtre, son mari sans fond se tenait devant elle. Sa bite était prête pour une succion. Pour la première fois, j'avais l'impression que le mari de Samira était plus un accessoire qu'autre chose. Une bite pour elle à utiliser. Ou une bite dont le seul but était de baiser sa bouche.

Avant que l'action ne commence, Erika a tiré sur le soutien-gorge/la laisse pour redresser la posture de Samira, puis elle a tendu la main pour exposer les seins de Samira en poussant le haut de la robe vers le bas.

"Vous avez de beaux mamelons noirs", a déclaré Erika en regardant par-dessus la poitrine nue de la femme. "Ils sont déjà raides. Tu dois être excité. Pas de marques de bronzage non plus. Ta couleur de peau naturelle est radieuse. Tu es extrêmement belle, Samira. Je n'ai jamais joué avec une femme du Moyen-Orient auparavant. Cela a toujours été un fantasme cependant ."

Samira n'a pas pris la peine de répondre avec le soutien-gorge fin enroulé autour de sa gorge. Si elle avait pu, elle aurait simplement dit "merci".

Elle resta immobile alors qu'Erika se penchait pour frotter chaque sein et tordre chacun de ses mamelons noirs, envoyant un frisson le long de la colonne vertébrale de Samira alors qu'elle était utilisée comme un jouet.

"Commencez à sucer maintenant," dit sèchement Erika. "Une bite aussi dure ne devrait jamais attendre."

Michael fit le premier pas, s'avançant de manière à ce que son érection soit à quelques centimètres du visage de Samira. Normalement, elle aimait établir un contact visuel avec son mari. Cela a toujours créé un sentiment d'intimité entre eux.

Cette fois, elle ne pouvait se résoudre à regarder qui que ce soit. Elle garda les yeux fermés, se pencha en avant et suça l'érection de son mari, comme il l'aimait. Ses lèvres étaient serrées et elle faisait de son mieux pour bouger la tête d'avant en arrière, même avec le soutien-gorge en dentelle enroulé autour de son cou.

Elle pouvait sentir la bite se raidir dans sa bouche. Cela signifiait qu'elle faisait tout ce qu'il fallait et que son mari adorait cette expérience.

Elle pouvait aussi entendre le son érotique d' Erika respirant plus fort tout en veillant sur elle.

Quel spectacle cela a dû être pour le sous-marin. Et quel spectacle pour les invités à l'extérieur. Mon Dieu, est-ce que l'un d'entre eux avait regardé ? Ou quelqu'un d'autre dans le couloir ?

« Emmenez-le jusqu'au bout », dit Erika avec une pointe d'autorité. "Je veux te voir en gorge profonde. À mon humble avis, une bonne pipe est incomplète sans un bâillon ou deux."

Gorge profonde. Voilà quelque chose que Samira avait pris soin d'éviter. Elle avait vu cet acte dans la pornographie et l'avait toujours trouvé trash et sans classe. Étant une femme digne, elle l'évitait à tout prix , et appréciait le fait que son mari n'avait jamais demandé une chose aussi sale.

Dans ces circonstances, avec une laisse de fortune autour de la gorge, elle s'est sentie obligée de se conformer à l'ordre. Elle ferma les yeux, pour que les larmes ne sortent pas. Et elle espérait qu'elle ne ferait pas de bâillonnement humiliant.

Sa tête s'avança lentement, prenant plus de la bite de son mari dans sa bouche et dans sa gorge. Elle sentit la bite secouer sa langue, frapper le haut de sa gorge. Son mari a adoré. Quelle trahison. Elle le prit encore plus profondément jusqu'à ce qu'il atteigne l'entrée de sa gorge. Étrangement, elle se sentait fière d'elle pour l'avoir fait jusqu'au bout. Un nouvel accomplissement sexuel.

Sa fierté s'est effondrée lorsque l'inévitable s'est produit; elle a bâillonné. C'était bâclé et méchant. Ses yeux s'humidifiaient et sa salive coulait sur sa robe blanche chère. Elle a fait un bruit dégoûtant et s'en est sentie gênée.

"Ça suffit," dit Erika avec miséricorde. "Maintenant, je veux te voir te faire baiser. Levez-vous et appuyez votre visage contre la fenêtre. Ne vous inquiétez pas, le verre est fait pour supporter le poids d'une femme contre lui."

Erika tira légèrement sur le soutien-gorge/la laisse, faisant signe à Samira de se lever et de faire face à la fenêtre. Samira s'est conformée et a vu que quelques-uns des invités avaient en fait regardé l'action de la pipe tout en sirotant du champagne à l'extérieur. Le soutien-gorge / laisse a été retiré de son cou et jeté au sol par Erika.

Samira a écarté les jambes lorsque son mari a écarté ses fesses et l'intérieur de ses cuisses. Elle appuya son visage sur le verre spécialement installé, y posant son poids corporel, et sentit son mari écarter davantage son cul pour accéder à sa chatte par derrière. Elle connaissait cette position et elle cambra le dos pour relever ses fesses.

"Regardez-moi," dit Erika avec une politesse séduisante. "Je veux voir tes yeux et ton visage pendant que tu te fais pénétrer. C'est une expression puissante."

Le visage de Samira était déjà tourné vers Erika. Leurs yeux se rencontrèrent. Aucun d'eux ne détourna les yeux alors que la chatte de Samira était étirée par la bite dure. Sa bouche laissa échapper un halètement et ses yeux s'écarquillèrent.

Son mari est allé travailler en la baisant par derrière. Son corps se balançait et ses seins se balançaient, avec ses mamelons noirs aussi durs que jamais. Certainement plus d'invités du manoir regardaient ce spectacle exhibitionniste flagrant. Mais Samira n'osa pas regarder. C'était bien plus tentant de maintenir un contact visuel avec ce précieux soumis qui contrôlait la scène.

Erika se pencha pour doigter la chatte de Samira. "Putain, tu es tellement mouillé."

"Je sais," gémit Samira en retour, alors que sa chatte était pilonnée et que son corps se balançait d'avant en arrière.

C'était une surcharge sensorielle car le corps de Samira était également caressé par Erika; avec une petite main blanche frottant sa chatte, puis tendant la main pour serrer ses seins. Samira gémissait chaque fois qu'elle était touchée et pressée. Ces mains douces la faisaient se sentir si bien. Et sa chatte ravie se sentait encore mieux.

Les gémissements sont devenus plus forts quand Erika a concentré ses doigts sur la chatte de Samira. Cela fit s'écarquiller les yeux de Samira et sa respiration devint plus laborieuse.

"J'ai trouvé ton endroit idéal", a déclaré Erika d'une voix excitée. "Une bite baise ta chatte, et mes doigts jouent avec ta chatte, pendant que les gens regardent de l'extérieur. Peut-être que tu n'es pas aussi convenable que tu le parais ? Peut-être qu'au fond, tu n'es qu'un vilain jouet comme le reste de Aimez-vous entendre ça, Samira ? Aimez-vous découvrir que vous êtes une femme si sale ?

La voix du sous-marin était devenue basse et elle était remplie de désir.

murmura Samira. "Oui..."

« Jouis maintenant. Je veux le voir.

Est-ce à cela que ressemble le paradis ? Samira se demandait alors que son mari maîtrisait sa chatte et Erika frottait son clitoris dans un mouvement circulaire rapide. Elle ferma les yeux et savoura. La société soit maudite. C'était l'euphorie.

Samira marmonna quelque chose d'inaudible alors que des fluides coulaient le long de ses jambes et sur le sol. Son sperme faisait également des dégâts sur la bite de son mari et les doigts occupés d'Erika, qui sont restés implacables pendant l'orgasme intense. Elle serra la mâchoire et le bas de son corps se raidit pendant qu'elle éjaculait.

"Je vais jouir aussi," gémit Michael.

« Inondez sa chatte », ordonna Erika. "Je m'occupe du nettoyage."

Samira sentit son mari lui serrer les hanches et la pilonner plus fort. C'était son signal pour un orgasme imminent. Des bruits de claquements rythmiques remplissaient la pièce alors qu'il poussait puissamment contre ses fesses. Sa chatte sentait le bonheur.

Son mari gémit et vint en elle. C'était une sensation que Samira avait toujours chérie, la sensation de sperme remplissant son trou. Alors que Michael poussait le dernier gémissement, Erika retira ses doigts et tomba à genoux.

"Putain oui," gloussa Erika, tapotant les couilles de Michael. "Maintenant, si vous voulez bien m'excuser, je préfère nettoyer tout de suite... tant que tout est encore chaud et frais."

Samira ne bougea pas. Elle sentit la bite de son mari sortir d'elle. Le vide de son trou béant et trempé de sperme a été remplacé par la langue d'Erika. La surprise de sa vie. Sa première vraie expérience lesbienne.

Elle ferma les yeux et gémit lorsque la langue talentueuse lécha, sonda et suça sa chatte remplie de sperme. Tout a été englouti et avalé. Elle savoura la sensation de la langue féminine poussant plus profondément, suivie de la jolie bouche d'Erika dévorant le jus.

Lorsque la bouche s'écarta, Samira tourna la tête et vit Erika sucer la bite de son mari. C'était une bête noire. Cela n'avait pas été convenu et elle ressentit une pointe de jalousie. Mais elle devait l'admirer.

Les lèvres pulpeuses d'Erika étaient étroitement enroulées autour de la bite trempée de sperme et sa tête se balançait rapidement, la prenant profondément sans un soupçon de réflexe nauséeux. C'était beau. Gracieux. Les lèvres d'Erika tourbillonnaient de temps en temps autour de la tête de Michael avant qu'elle ne recommence à enrouler ses lèvres autour de l'arbre pour le sucer vigoureusement. C'était à quoi la vraie suceuse était censée ressembler.

La bouche d'Erika allait et venait, suçant la bite de Michael et léchant la chatte de Samira.

"Comment vous sentez-vous?" Michael a demandé à sa femme.

Samira savoura la sensation de la langue de retour à l'intérieur de son trou. Elle resta courbée, les bras appuyés à la fenêtre. Plus d'invités regardaient avec désinvolture cette rencontre déviante, et qui sait qui d'autre avait jeté un coup d'œil dans le couloir. Elle ne s'en souciait plus. En fait, c'était une excitation incroyable.

"Comme une nouvelle femme", fut tout ce que Samira put dire.

Quand sa chatte a été nettoyée, Samira s'est retournée pour faire face à son mari et remercier Erika. Elle avait supposé que cette rencontre impie était terminée. Mais lorsqu'elle leur fit face, elle vit Erika se tenir à nouveau sur ses pieds. Ils n'étaient qu'à quelques centimètres l'un de l'autre.

Samira ne put s'empêcher de remarquer ces lèvres charnues et charnues qu'Erika avait. Des lèvres faites pour embrasser et sucer. Cette fois, cependant, les lèvres pleines d'Erika brillaient de jus de chatte frais et recouvertes de sperme chaud.

Erika se lécha les lèvres d'excitation, se tenant devant Samira alors qu'elles se croisaient les yeux. C'était évident ce que cette fille voulait. Pourquoi le nier ?

Ils se sont embrassés. Samira pressa ses lèvres contre celles d'Erika et leurs bouches s'ouvrirent. Leurs langues ont lutté et ils ont partagé des fluides orgasmiques les uns avec les autres dans l'échange passionné. Leurs bras s'enroulaient l'un autour de l'autre et leurs seins et mamelons durs se pressaient l'un contre l'autre.

Du sperme frais s'échangeait dans leur bouche et roulait sur leur langue. Lentement, la culpabilité à l'intérieur de Samira semblait depuis longtemps oubliée. Personne ne le saurait jamais. C'était un secret qui resterait toujours à l'intérieur du manoir de la servitude.

CLUB BDSM

Il faisait grand jour sur Park Avenue, le quartier le plus attrayant et le plus impressionnant de New York. Comme la plupart des jours dans la grande ville, la classe ouvrière se rendait à ses bureaux et en revenait, les riches appréciaient la gastronomie et les touristes se promenaient dans les quartiers tout en prenant des photos.

Mis à part les normes du quartier animé, Erika se tenait nue dans une pièce stérile au 38e étage d'un immeuble de luxe. Elle était positionnée devant une fenêtre, qui était recouverte d'un fin rideau blanc pour plus d'intimité.

Ses mains étaient étroitement liées au-dessus de sa tête, attachées à une corde noire qui pendait à un crochet au plafond.

Un masque noir orné cachait le haut de son visage, mais soulignait son nez et son menton proéminents. Cela laissait transparaître la beauté de son visage, tout en dissimulant son identité. Ses longs cheveux noirs tombaient librement dans son dos et ses lèvres étaient accentuées par un rouge à lèvres rouge rubis.

Des bas noirs en soie avec une couture le long du dos couvraient ses jambes galbées. Ils faisaient paraître ses membres incroyablement longs encore plus longs. Des talons noirs complétaient sa maigre tenue. Son corps était entièrement exposé, dans toute sa splendeur nue.

Personne ne niera qu'elle était enchanteresse. Alliance rare de force et de féminité, elle séduit autant les hommes que les femmes. Bien que mince mais tout en courbes aux bons endroits, elle projetait une image que son corps était construit pour des baises brutales . À l'âge de 28 ans, Erika avait réalisé qu'elle aimait beaucoup être utilisée sexuellement par d'autres, et c'était exactement ce à quoi elle s'attendait aujourd'hui.

Même ses amis les plus proches n'étaient pas au courant du secret dépravé qu'elle gardait. Son désir de soumission et son envie d'être utilisée pour le plaisir des autres pourraient être difficiles à comprendre pour eux.

Finalement, elle a laissé les professionnels prendre le contrôle de ce lieu de rassemblement secret. C'était un cadre élégant où des personnes partageant les mêmes idées d'une certaine classe pouvaient se livrer à leurs désirs très coquins. Les masques étaient discrétionnaires. Mais pour Erika, c'était un must absolu ; personne ne pouvait savoir qu'elle se laissait traiter d'une manière aussi scandaleuse. Elle était une avocate de haut niveau pour l'amour de Dieu.

Les règles étaient simples. Le secret était sacro-saint. La propreté n'était pas négociable. Le respect était nécessaire. C'était une affaire exclusive et tout le monde est venu habillé en conséquence.

Alors qu'Erika se tenait là, ligotée et masquée, elle regarda la commissaire-priseur se placer à côté d'elle. La commissaire-priseur portait un costume délibérément révélateur, un décolleté et tout, ainsi qu'un masque en or pour dissimuler également son identité. C'était une grande femme avec une aura imposante, ce qui la rendait parfaite pour le travail.

Dans une étrange tournure des événements, Erika avait rejoint ces rassemblements tabous à la demande du commissaire-priseur, qui incroyablement était aussi une avocate nommée Lea. Ils avaient été avocats adverses lors d'un long procès. À la fin de l'affaire, Lea a demandé à Erika de sortir boire un verre.

"Tu sais quelque chose", avait-elle dit à Erika à une table privée, alors qu'ils s'effondraient tous les deux, battus et épuisés après l'affaire exténuante. "Les femmes comme nous sont une race rare. Nous travaillons dur. Nous sommes intelligentes. Sophistiquées. Dévoués. Et nous aimons toutes les deux être baisées d'une certaine manière. Je pourrais dire quel genre de femme vous êtes la première fois que je vous ai vu ."

Erika a failli recracher son verre. Émettait-elle vraiment une sorte d'ambiance sexuelle ? Comment cette femme a-t-elle pu déduire qu'Erika aimait les trucs durs ?

Pendant la plus grande partie de la vie adulte d'Erika, le sexe avait été vanille. La mouture habituelle était nécessaire pour atteindre des orgasmes de la norme minimale. Pourtant, ces dernières années, elle avait fait quelques demandes coquines à ses partenaires pour pimenter les choses. Putain rugueux. Léger étouffement. Quelques fessées. Mais surtout, elle avait demandé à être traitée comme un jouet sexuel, par opposition à un partenaire amoureux. Ce n'est que lorsque ces conditions ont été remplies qu'Erika a pu atteindre des orgasmes bouleversants.

L'un de ses ex-petits amis avait-il fait connaître ses désirs déviants ? Ou était-ce que Lea était une sexperte extraordinaire ? Erika se demanda en regardant, avec un cerf dans les phares.

"J'appartiens à un club, en quelque sorte. C'est pour les hommes et les femmes qui aiment repousser les limites du sexe non conventionnel. Pensez-y. C'est un réseau très exclusif et nous pourrions utiliser de nouveaux membres comme vous. Ne vous inquiétez pas, personne ne le fera. sait jamais. Il y a un contrat formel qui comprend une clause de confidentialité. Nous sommes tous tenus au secret avec des renonciations et des accords. Un certain nombre de membres sont des avocats. Si vous êtes toujours tendu au sujet de la vie privée, nous pouvons vous offrir un masque sur mesure de Venise. Quelques-unes de nos membres féminines estimées les portent. Cela les met à l'aise tout en explorant les parties les plus sombres de leur sexualité.

Erika était abasourdie et ses joues virèrent au rouge vif. Lea avait déjà vu ce regard plusieurs fois. Imperturbable, elle est allée de l'avant et a diffusé des informations qui ont instantanément mouillé la culotte d'Erika.

Après quelques dialogues destinés à calmer l'hyperventilation soudaine d'Erika, Lea a poursuivi son discours. "Des trucs coquins. Cordes. Fouets. Paramètres de groupe. Dominance. Soumission."

« Comme le BDSM ? » a demandé Érika.

Léa sourit. "C'est un club BDSM. En fait, je participe d'une manière très unique. Comment aimeriez-vous être vendu ? Si vous êtes d'accord, je ferai en sorte que vous vous dirigez vers l'enchérisseur le plus excitant."

Leur conversation secrète s'est poursuivie jusqu'à ce que Lea pousse une carte avec un numéro de téléphone vers Erika. Sur ce, elle se leva, paya la facture, sourit à Erika, se retourna et partit. Elle était convaincue qu'un appel serait reçu. Cette rencontre fatidique avait marqué le début de la bienheureuse émancipation sexuelle d'Erika.

Après plusieurs jours d'intenses délibérations, elle a passé l'appel, pensant qu'elle n'avait rien à perdre. Après tout, pensa Erika, à qui Lea allait-elle le dire ? Elles étaient toutes les deux des femmes de carrière et avaient beaucoup à perdre en termes de réputation et de clients potentiels.

À ce moment-là, ses cours ont commencé; cul, chatte, bouche. Elle était disciplinée dans tous les arts. Son corps a été formé pour tenir des positions érotiques pendant de longues périodes. Tous ses points de plaisir ont été trouvés ; forces et faiblesses déterminées. Il ne fallut pas longtemps avant que Lea classe Erika comme une démone de la servitude et une salope de la douleur. C'était le bon diagnostic pour ce sous-marin inexpérimenté.

Bien sûr, Lea avait beaucoup apprécié son rôle de mentor sexuel d'Erika. Ayant été responsable du régime d'entraînement, Erika était particulièrement douée pour donner du plaisir exactement selon les spécifications de Lea. Ils avaient passé de nombreuses soirées agréables avec le visage d'Erika planté dans la chatte et le trou du cul de son entraîneur charnel. À la fin d'une journée rigoureuse au tribunal, la réunion pour les activités illicites était un régal bienvenu. Leur enthousiasme et leur éthique de travail communs les ont rendus particulièrement aptes à donner et à recevoir dans leurs rôles respectifs.

C'était alors.

Maintenant, les invités prirent place dans la salle. Il devait y avoir au moins 15 personnes présentes, ce qui semblait être la norme. Erika ne pouvait pas faire un décompte exact puisqu'elle était enfermée face au mur de devant. Du bout du couloir, elle entendit d'autres personnes s'affairer dans le reste de l'appartement (au moins 15 autres).

C'était vrai ce qu'on disait au sujet des autres sens qui s'exaltaient quand on était gêné. Les bruits de pas et de personnes s'installant dans les fauteuils rembourrés à dossier haut étaient clairs. Bientôt, elle entendit des murmures silencieux sur sa beauté. Finalement, les conversations se sont tournées vers les façons dont les invités envisageaient de l'utiliser pour leur satisfaction.

La puissante combinaison d'être lié et de ne pas savoir ce qui allait se passer a fait humidifier la chatte d'Erika par anticipation. Les jus s'accumulaient au sommet de ses cuisses puisqu'elle n'avait pas de poils pubiens pour les retenir dans son espace intime.

Le commissaire-priseur a frappé un marteau sur le podium. « Mesdames et messieurs, avant de commencer, je tiens personnellement à vous remercier tous d'être venus. Nous avons une belle équipe d'hommes et de femmes aujourd'hui. Nous sommes certains que vous apprécierez les plaisirs que nous vous réservons. »

Elle s'est dispensée des formalités d'usage dès le début de l'événement. Ses paroles étaient professionnelles et prononcées avec l'assurance requise d'un bon avocat. Cependant, il y avait aussi une qualité séduisante et ludique dans sa prestation. Le petit public a applaudi lorsque les débats ont été officiellement lancés.

Le commissaire-priseur a poursuivi : "Nous commençons d'abord par Erika, cette superbe beauté qui se tient à côté de moi. Officiellement, c'est une professionnelle qui travaille, très respectée dans son domaine. Officieusement, devant vous tous, elle sera utilisée comme Fuck Toy pour quelqu'un."

Erika ne pouvait contenir son excitation et le spasme involontaire de sa chatte.

"Je sais que beaucoup ici ont un fétichisme pour les femmes qui travaillent. Croyez-moi quand je vous dis qu'Erika a un cerveau qui ressemble à son incroyable physique. Lequel d'entre vous aimerait la posséder ? Qui veut soumettre cette femme très éduquée à votre caprices sexuels?"

Même si Erika était incapable de regarder, elle entendit des murmures d'approbation. Le commissaire-priseur, cependant, a noté les hochements de tête, le léchage des lèvres et l'aiguisage des regards. La luxure était dans l'air et Erika était sur l'appétit de tout le monde.

"Tout d'abord, nous allons commencer par une vitrine de ses jambes."

Le commissaire-priseur a quitté le podium avec une pagaie en cuir à la main alors qu'elle s'approchait d'Erika. Puis elle frotta le bout de la pagaie contre les bas noirs d'Erika. Erika fit de son mieux pour rester immobile, malgré sa propre excitation.

"Ces jambes sont longues et impeccables", a déclaré le commissaire-priseur. "Sans talons, elle mesure 5'8". Elle est une coureuse et a complété pas mal de marathons pour des œuvres caritatives. Pensez à quel point ce serait bon de passer vos doigts, vos lèvres, vos chattes ou vos bites sur ces jambes."

Erika est devenue plus humide alors que la pagaie se déplaçait vers le haut et a été écrasée contre son cul.

"Je sais que beaucoup d'entre vous aiment administrer une bonne fessée à un cul mûr. Les fesses d'Erika sont parfaitement rondes et luxuriantes ; sa peau tendre peut supporter de longues périodes de pagaie. Permettez-moi de démontrer démontrer . "

La palette a été pressée à plat contre la fesse gauche d'Erika , puis a été retirée par le commissaire-priseur. Un coup de tonnerre retentit alors que le contact se faisait à nouveau entre la pagaie et son cul. Cela résonna bruyamment dans la pièce et fit tressaillir Erika, malgré tous ses efforts pour rester immobile.

Un autre coup a été porté. Ensuite un autre. Et un autre. Chaque coup était plus dur que le précédent. Les deux joues ont reçu la sensation de brûlure associée à la fessée, dans une égale mesure.

À la fin de la fessée, la peau blanche avait été rougie et dégageait de la chaleur.

"Mesdames et Messieurs, ce n'est qu'un teaser", sourit la commissaire-priseur derrière son propre masque. "Maintenant pour son anus."

Les baises de cul étaient quelque chose à laquelle Erika ne s'était habituée que depuis qu'elle avait rejoint ce groupe BDSM secret. Même si elle était grande et semblait solidement bâtie, son anus était délicat et minuscule. Seuls les experts présents pouvaient insérer de grosses bites dans son trou interdit. Cela demandait du contrôle et de la patience.

Des mains douces et féminines ont touché les fesses d'Erika et ont écarté ses joues, exposant son petit trou brun au groupe. Elle se sentait complètement exposée et vulnérable alors que l'air circulait dans son anus. Curieusement, elle pouvait aussi sentir les yeux affamés de la pièce la regarder, dans toute sa splendeur.

"Comme vous pouvez tous le voir, son trou est à peine là, minuscule et ne demande qu'à être étiré. La bite chanceuse de quelqu'un pourrait y trouver le nirvana aujourd'hui."

Pour la partie audacieuse de la présentation, le commissaire-priseur a posé la pagaie et a tenu Erika par les hanches, la retournant pour qu'elle fasse face au petit public.

Erika a vu la foule à travers son masque. C'était le groupe typique; une répartition égale des hommes et des femmes. Tous étaient habillés avec élégance et désinvolture. Leurs visages avaient le même air de désir alors qu'ils espéraient chacun s'en sortir d'une manière spéciale. La vue des seins et de la chatte d'Erika a semblé hypnotiser les participants lorsqu'elle est apparue.

Les mamelons d'Erika sont devenus durs comme de la pierre.

Le commissaire-priseur a repris la palette et l'a appuyée fermement sur les lèvres d'Erika, ce qui a également exercé une pression sur le clitoris.

"Je peux honnêtement dire que j'ai eu le plaisir de goûter ce qu'il y a entre ces jambes. Mesdames et Messieurs , que vous vouliez baiser sa chatte ou la manger, vous allez vous régaler."

Erika sentit la pagaie se déplacer vers ses seins ronds, encerclant ses mamelons brun clair. La pagaie a doucement fessé le dessous de chaque mésange, faisant trembler ses seins devant la foule en adoration.

"Et regardez ces seins," dit le commissaire-priseur avec ravissement. « Est-ce que l'un d'entre vous peut croire qu'ils sont réels ? Et ils sont très réels, je peux vous l'assurer.

Erika gémit lorsque le commissaire-priseur se pencha pour serrer brutalement son sein gauche et mordit doucement le mamelon. Le commissaire-priseur a sucé rapidement le mamelon avant de le relâcher.

Enfin, la pagaie remonta jusqu'aux lèvres d'Erika.

"Enfin, mais non des moindres, sa bouche. Parfaite pour embrasser. Parfaite pour sucer. Parfaite pour nettoyer. Ai-je mentionné qu'elle adore manger du sperme ? Autant pour les hommes que pour les femmes . "

D'autres hochements de tête approbateurs sont venus de la foule.

"En terminant, celui-ci est une salope de douleur", a résumé le commissaire-priseur. "Elle a une grande tolérance et aspire à votre meilleur."

Erika a immédiatement pris note de la réaction du public, qui allait des halètements aux sourires.

Le commissaire-priseur s'est de nouveau tenu derrière le podium et a présenté des offres. Celui qui proposerait les actes sexuels les plus pervers, réalisés de la manière la plus provocante (mais raisonnable) remporterait l'enchère. Les offres arrivent, toutes plus alléchantes les unes que les autres.

Enfin, Erika a entendu les mots magiques qui ont attiré l'attention de tout son corps. Ses mamelons se sont tendus et sa chatte a commencé à trembler avec impatience.

"Vendu!" dit à haute voix le commissaire-priseur en frappant le marteau contre le podium. "Nous avons une égalité. Aux invités n°3 et n°7. Vous pouvez maintenant récupérer votre prix et le partager entre vous deux."

Les gagnants avaient fait part de leurs intentions au préalable :

L'homme #3 ne portait pas de masque. Erika l'a reconnu dans la section société du journal. Ce philanthrope bien connu s'était juré d'apprivoiser le cul d'Erika avec une bonne fessée. La précision était promise ; un fouet en cuir était son outil de choix. Ensuite, il posséderait son trou du cul avec son énorme bite. Des assurances ont été données sur le fait qu'il était un expert dans le sodomie et l'apprivoisement des femmes pleines d'entrain.

La femme #7 avait une peau riche et foncée. Ce serait la première expérience d'Erika avec une femme noire. Ses lèvres pleines et pulpeuses semblaient aimer donner et recevoir des divertissements érotiques. Elle était également sans masque. Experte bien considérée dans le jeu des seins, elle connaissait tous les trucs et astuces de la torture des mamelons. En utilisant juste la bonne combinaison de pincement et de torsion, elle pouvait administrer un stimulus qui provoquait une douce souffrance, sans laisser de dommages durables. Et en tant que lesbienne, elle savait comment manger une bonne chatte.

Erika n'avait jamais partagé de plaisir sexuel avec une femme noire auparavant, et l'idée l'excitait énormément.

Ces deux Dominants ont été sélectionnés par le Commissaire-Priseur en raison de leur potentiel collaboratif. Alors qu'Erika était liée dans cette position précaire, les deux subviendraient au sous-marin en même temps; une devant et une derrière. Cela donnerait au petit public un spectacle mémorable.

Tout le corps d'Erika tremblait alors que les gagnants s'approchaient de l'avant de la salle. Elle avait déjà été utilisée devant un petit groupe; l'exhibitionnisme n'a fait qu'augmenter sa libération éventuelle. C'était la première fois qu'elle était utilisée par deux personnes, qui travaillaient de concert sur différents côtés de son corps. C'était son sale rêve devenu réalité.

La femme noire fut la première à entrer en contact, frottant ses doigts noirs sur la peau blanche laiteuse d'Erika. Erika baissa les yeux et fut excitée par le contraste des couleurs, d'autant plus que les doigts frottaient chaque mamelon brun clair.

"Vous vous sentez tendue", a déclaré la femme n ° 7. "Première fois avec une femme noire ? J'aime être la première. C'est un honneur d'être ta première Domme noire . Ne t'inquiète pas bébé, ça va te plaire."

Erika n'a pas répondu. Elle ne l'a jamais fait. Cacher sa voix faisait partie de l'anonymat. Elle a simplement regardé cette femme puissante à travers son masque, espérant qu'elle ne serait pas reconnue.

Leurs yeux se rencontrèrent intensément, et pendant un instant, Erika se demanda si cette femme noire dominante l'avait reconnue de quelque part. Une publicité publique pour ses services juridiques, peut-être ?

Lorsque l'homme #3 a ramassé un fouet en cuir, Erika a tourné son attention vers lui. Il a fait des mouvements d'entraînement qui semblaient chorégraphiés. Elle était tout à fait certaine qu'il était l'expert qu'il prétendait être. Le regard de joie méchante sur son visage a amené Erika à croire que la flagellation ferait mal. Avec ses mains liées au-dessus de sa tête, le corps d'Erika était complètement vulnérable.

"J'avais les yeux rivés sur toi", a déclaré l'homme n°3. "Depuis que je t'ai vu pour la première fois il y a des semaines, j'ai voulu t'utiliser de la manière la plus sale. Voyons si ton cul valait la peine d'attendre. D'abord, je vais te tourner de côté pour que tout le monde puisse me voir frapper et piller ton adorable petit trou du cul."

Erika se laissa tourner, de sorte que les trois participants étaient alignés . Alors que les yeux d'Erika se concentraient sur la belle femme en face d'elle, elle sentit de douces gifles du fouet contre son cul. Lorsque les gifles se firent plus fortes, la femme devant elle sourit de joie face à la discipline diabolique.

Bientôt, le fouet a craqué fort contre son cul, provoquant un raidissement et une secousse du corps d'Erika à cause du bonheur brûlant laissé dans son sillage. Erika gémit et fit des grognements saccadés, qu'elle essaya de réprimer.

La femme #7 a inséré deux de ses doigts noirs dans les creux de la bouche d'Erika, comme si elle testait son réflexe nauséeux. « Ça te fait très mal ? Aimes-tu ce genre de douleur, sous-marin ?

Erika a juste hoché la tête pendant que ses fesses étaient encore fouettées.

"Bonne fille. J'ai juste ce qu'il faut pour ces délicieux mamelons. Dès qu'il prend ton cul."

La foule regarda avec révérence alors que l'homme continuait à fouetter le cul d'Erika et que la femme noire se penchait en avant pour l'embrasser sur la bouche. Les lèvres pleines et charnues étaient un régal pour Erika. C'était tout ce qu'un bon baiser était censé être, surtout quand leurs langues dansaient ensemble. Le fouet a fait craquer douloureusement le cul d'Erika et elle a gémi désespérément dans la bouche de la femme noire. Quand Erika ouvrit les yeux avec appréhension, elle put voir la femme regarder en arrière, évaluant sa réaction.

Erika était certaine que la femme aimait embrasser quelqu'un qui gémissait d'agonie à cause d'une sévère flagellation. La femme semblait de plus en plus excitée par les vocalisations douloureuses d'Erika. Derrière elle, elle entendit l'homme murmurer de satisfaction alors qu'il continuait à lui rougir le cul. Elle était sûre qu'il avait déjà une grosse érection.

Entre les deux êtres sexuellement chargés, Erika se sentait comme un conduit pour l'énergie érotique déviante. L'effet sur elle était énorme. En plus du ravissement irrésistible qu'elle récoltait de la douleur, savoir que les deux Dominants s'en sortaient la faisait se sentir extrêmement soumise.

La flagellation a cessé, ce qui ne pouvait signifier qu'une chose. Bien que ses lèvres soient toujours verrouillées dans un baiser vigoureux, elle entendit le bruit d' une bouteille qui s'ouvrait et du lubrifiant pressé. L'homme lui a donné une claque puissante sur le cul à main nue, faisant grincer des dents tout le corps d'Erika. Il a agressivement marqué son territoire avant que la baise ne commence.

Puis Erika ressentit la sensation familière de ses joues écartées, laissant ainsi son trou du cul exposé. Immédiatement, la sensation d'une bite dure et couverte de lubrifiant a été ressentie par son froncement brun alors qu'il s'alignait pour la pénétration.

"J'aime baiser une femme dans le cul de cette façon", a déclaré l'homme n ° 3, caressant les côtes d'Erika, en commençant par sa taille et en remontant, vers ses bras retenus. "C'est comme si tu étais un beau morceau de viande baisable. Je vais le faire gentiment et brutalement, juste comme tu l'aimes."

Sa voix forte et rassurante a rendu Erika encore plus excitée alors qu'il se penchait et poussait la tête de sa bite lubrifiée dans son petit trou du cul bien entraîné . Erika a essayé de se détacher du baiser, mais la femme a attrapé les côtés de sa tête et n'a pas relâché sa prise.

Alors que la bite était habilement introduite dans la petite ouverture de son cul, Erika respira fortement par le nez. Ses yeux s'écarquillèrent en attendant la douleur lancinante qu'elle attendait. C'est venu assez tôt, et Erika a crié en réponse.

Erika était coincée entre la poigne qu'il avait sur ses hanches et les poignes de la femme noire dont la langue continuait à lui enfoncer la bouche ; elle n'avait pas d'autre choix que de prendre l'avance dans son cul sans bouger pour plus de confort. Il n'y a pas eu de pause. L'homme connaissait bien les angles et les points de rupture. Il a conduit jusqu'à ce que ses couilles reposent contre ses fesses. La férocité de son assaut était une douce torture. Il ne faisait aucun doute que son cul venait d'être possédé.

Les yeux d'Erika s'écarquillèrent alors qu'elle inspirait profondément. Au lieu de gémir, elle haleta comme si elle avait faim d'air. La femme noire semblait ravie de cette attaque anale.

"Mon tour", a déclaré la femme n ° 7. "Bébé, les seins blancs comme les tiens sont mes préférés. Ils ont l'air si laiteux et crémeux contre mes mains. Ils ne demandent qu'à être blessés, et c'est ma spécialité ."

Erika baissa les yeux et accepta ; les doigts d'ébène de la femme n ° 7 offraient tout un contraste avec ses propres seins blancs de lys . Au début, le toucher était doux et affectueux. Ensuite, la femme noire a mis en œuvre sa célèbre routine de torture des mamelons et a retourné sa langue pour remplir la bouche détendue d'Erika.

Ces doigts en chocolat ont pressé le dessous des seins à la vanille d'Erika, puis les ont pétris comme de la pâte crue. Ça faisait mal, mais ce n'était rien comparé à la douleur de son petit trou du cul si vicieusement baisé par l'homme. Puis les doigts noirs ont pincé chacun des mamelons bruns d'Erika. Maintenant, cela était plus comparable à la douleur aiguë dans son cul. Deux de ses lieux de plaisir étaient maintenant ravis. Elle était reconnaissante que personne ne lui torture la chatte en même temps.

La femme se mit à tordre les nœuds sensibles si fort que le visage d'Erika grimaça dans une misère exquise. Pendant un instant, elle a presque oublié que son trou du cul était en train d'être sauvage. Presque... Le bruit des cuisses de l'homme claquant contre ses fesses a recentré son attention sur ses fesses. Erika a atteint ce qu'elle pensait être sa limite de douleur. Elle rompit le baiser passionné, rejeta la tête en arrière et hurla.

"Je sais que ça fait mal," murmura la femme noire en serrant un peu plus. "Mais c'est sur le point de se sentir tellement, tellement bien."

Pour la vie d'elle, Erika ne pouvait pas comprendre comment la douleur dans ses mamelons pouvait être agréable. Mais quand ses mamelons ont été libérés, la femme noire s'est penchée et a sucé avec amour chacun des seins d' Erika , lui envoyant une sensation salace dans le dos. Ce plaisir, combiné à l'assaut joyeux sur son cul sodomisé, a conduit Erika au bord de sa santé mentale sexuelle. La langue de la femme noire était aussi apaisante que ces lèvres pleines, et elles travaillaient de concert pour soulager la douleur dans les mamelons.

Mais le plaisir dans ses seins n'a pas duré longtemps car la femme noire a cruellement retiré sa bouche. Une fois de plus, elle a tordu ces mamelons couverts de salive, tourmentant davantage Erika pendant que son cul recevait un labour approprié.

"Je ne vais pas rendre ça aussi agréable pour toi," sourit la femme n°7. "Je veux que tu aies un équilibre. Un yin et un yang pervers. Il prend le dos et je prends le devant. Tu dois juste rester là et le prendre comme un bon soumis."

3 a pris note de cela, a mis ses mains sur les épaules d'Erika pour l'adhérence et est vraiment allé en ville sur son trou du cul. Elle serra les dents et fit des bruits de couinement, ce qui l'embarrassa complètement devant le public en adoration.

Le coq géant poussé dans et hors de son petit trou la rendait si instable qu'elle pouvait à peine se tenir debout. Alors que les genoux d'Erika s'affaiblissaient, elle a commencé à s'effondrer, mettant plus de poids sur ses poignets liés. L'étirement et la traction sur ses épaules étaient à peine enregistrés par son cerveau qui luttait pour faire face à des sensations extrêmes sur les plans opposés de son corps.

"Elle est en train de casser", a déclaré la femme n ° 7 en se léchant les lèvres tout en continuant à persécuter les mamelons d'Erika. "Il est temps de l'achever."

L'homme n ° 3 est resté implacable dans le trou du cul d'Erika, grognant: "Je veux qu'elle jouisse quand je jouis."

L'instruction au compatriote Dominant était claire. La femme noire a libéré les mamelons tendres, les a sucés rapidement pour les soulager, puis s'est laissée tomber à genoux devant la chatte écartée d'Erika.

Alors que son trou du cul se faisait ravir par la grosse bite et que sa chatte se faisait lécher par une Déesse, Erika fut submergée par des sensations contradictoires. Le blitz non-stop sur son cul a été compensé par la tendre succion sur son clitoris. De temps en temps, la femme noire utilisait ses dents pour mordre doucement le clitoris gonflé d'Erika, la faisant crier de ferveur. Mais la femme noire s'est rattrapée en la lapant lentement et amoureusement par la suite. En conséquence, Erika a été poussée au bord de l'orgasme à plusieurs reprises, mais sa libération a été refusée. Elle se sentait comme un volcan sur le point d'entrer en éruption.

Avec la femme noire à genoux, Erika a pu apprécier pleinement l'intensité avec laquelle le public a regardé le trio. Chaque invité à cet événement BDSM avait l'air complètement fasciné par la vue d'Erika conduite au bord d'une explosion sexuelle. Elle était possédée et était manifestement excitée par sa servitude sexuelle. Derrière ce masque, son identité était en sécurité. Elle s'autorisait à lâcher prise et à se plonger dans le plus déviant des plaisirs.

Elle a brisé sa propre règle de silence, gémissant finalement les mots "Oh mon Dieu", alors que son cul était violemment baisé et que sa chatte était mangée de manière experte.

Ses paroles n'ont fait qu'ajouter de l'huile sur le feu, poussant l'homme n°3 à serrer les épaules si fort qu'il en resterait sûrement des bleus. Aussi difficile que cela puisse paraître, Erika se rendit compte qu'il s'était retenu. Sa poussée est devenue frénétique et elle était certaine qu'il viderait bientôt sa semence dans son cul.

"J'ai une bonne grosse charge pour toi," grogna l'homme.

Fidèle à sa parole, il continua à grogner dans son oreille mais arrêta son assaut. Erika sentit son rectum interne se recouvrir de plusieurs grosses giclées de sperme. En quelques instants, la bite est devenue flasque et a été retirée de son trou du cul. Le cul d'Erika était béant maintenant qu'il était soudainement vide. Immédiatement, elle aspirait au retour de sa bite dure dans son passage le plus privé.

« Je te manque déjà ? » Il murmura. "Tu es une bonne baise avec un cul serré. Ça vaut bien l'anticipation."

Il lui tapota les fesses et Erika sentit du sperme couler de son trou du cul. Elle fut surprise de sentir ses doigts glisser contre son trou desserré et plonger dans l'écoulement crémeux. Lorsque les doigts enduits de sperme ont été insérés dans sa bouche, elle a été encore plus choquée. Après un moment d'hésitation, Erika suça ses doigts pour les nettoyer. Elle se délectait de la dépravation du moment avant d'être poussée hors de sa torpeur par la langue de la femme noire sur sa chatte.

Erika baissa les yeux vers ces féroces yeux bruns. La femme noire passionnée a léché et aspiré profondément le clitoris d'Erika. L'homme n ° 3 se tenait derrière Erika et lui caressait le bas du dos et les fesses, espérant voir Erika jouir dans la bouche de la femme.

"C'est ça", dit l'homme à Erika. "N'aie pas honte de jouir dans sa bouche. Il se trouve qu'elle aime boire des femmes blanches. Tu as mérité ce point culminant, salope."

Le cœur d'Erika battit la chamade et elle chuchota "Oh putain" pour elle-même.

Alors que la femme noire passait sa langue sur le clitoris d'Erika, l'orgasme est finalement arrivé dans une mesure épique. La puissance qui avait été libérée dans son corps fit éclater l'air dans ses poumons. Cet orgasme n'a pas seulement affecté les muscles de son plancher pelvien ; tout son corps se crispa et se contracta à cause de l'explosion. Elle était à peine capable de se soutenir sur ses jambes maintenant caoutchouteuses. Tout le poids de son corps pendait sur ses poignets, étroitement liés au-dessus de sa tête. Par conséquent, ses épaules ont été tirées d'une manière extrême qui aurait pu être douloureuse dans des circonstances normales.

Elle s'en fichait. L'inconfort dans ses bras était temporaire. Cet orgasme était quelque chose dont elle se souviendrait pour toujours.

Erika a giclé dans la bouche de la femme noire. C'était le point culminant de toute la délicieuse agonie qu'elle avait vécue dans ses mamelons et son trou du cul. C'était vraiment une salope de douleur. C'était vrai; tout le monde dans la salle pouvait maintenant attester de ce fait.

Ensuite, elle est restée molle. Tout en essayant de reprendre le contrôle de sa respiration, elle a tenté de se tenir debout sur ses deux pieds. La femme noire sourit, sachant que le travail était fait. L'homme l'a aidée à se stabiliser jusqu'à ce qu'elle puisse subvenir à ses besoins.

"Exactement comme annoncé", a déclaré le commissaire-priseur au public lorsque Erika a été épuisée. "Exactement comme annoncé. Bravo."

Le public a applaudi alors qu'Erika luttait pour reprendre son souffle. Les deux Dominants lui donnèrent de douces tapes sur l'épaule et les fesses. Ils lui chuchotaient des choses qu'elle était incapable d'assimiler. La suite ressemblait à un flou.

Deux jeunes employées se sont approchées. Elles portaient des masques élégants et sexy et étaient légèrement vêtues de robes en dentelle noire. Erika a été libérée de sa position lorsqu'ils ont desserré la corde au-dessus de sa tête. Puis ses poignets ont été déliés.

Le sperme coulait dans le trou du cul d'Erika et ses propres fluides coulaient de sa chatte. Erika tenait la tête haute alors que les membres du personnel la prenaient doucement par chaque bras et la conduisaient dans le couloir. Le public a applaudi avec enthousiasme alors qu'elle faisait le Walk of Fame. Chacun a trouvé ce qu'il voulait ce jour-là. Cependant, Erika était certaine que sa propre satisfaction était la plus grande de toutes.

Erika a été emmenée dans une chambre privée où les membres du personnel ont utilisé une pile de serviettes humides pour frotter et nettoyer chaque centimètre de son corps. L'une des femmes a même utilisé un vaporisateur pour nettoyer l'intérieur de son trou du cul. L'ensemble du processus a duré plusieurs minutes.

Les membres du personnel ont soigneusement retiré son masque. Le même processus a été répété avec son visage. L'excès de rouge à lèvres a été essuyé et ses cheveux ont été attachés en un chignon professionnel. Son costume a été récupéré dans le placard alors qu'elle se tenait là nue.

Le commissaire-priseur entra dans la chambre et enleva le masque d'or. Son expression était curieuse.

"Comment vous sentez-vous?" demande Léa.

"Mon trou du cul va avoir mal ces prochains jours," répondit sèchement Erika. "Et mes mamelons ont l'impression d'avoir été électrocutés."

"Et ?"

Alors que Lea attendait la réponse à la question suggestive, Erika a permis aux membres du personnel de l'habiller ; mettre son soutien-gorge et sa culotte, ses bas, puis son costume sur mesure, faisant d'elle une femme professionnelle à nouveau.

Erika sourit, "Je ne me suis jamais sentie aussi vivante. C'est ce que je ressens, si tu veux vraiment la vérité."

"Je le pensais," Lea fit un clin d'œil. « Sommes-nous toujours en train de dîner ?

"Tu paries."

Quand Erika a ajusté son costume, Lea a soufflé un baiser et a remis le masque d'or. Elle a repris ses fonctions à la vente aux enchères. Pendant ce temps, Erika a remercié les membres du personnel, a mis les talons et est partie pour le bureau.

FIN